雅众
elegance

智性阅读
诗意创造

在应许与遗忘之间
阿米亥诗精选

Between the Promised and the Forgotten
Selected Poems of Yehuda Amichai

［以色列］耶胡达·阿米亥　著
刘国鹏　译

雅众文化 出品

目 录

第一辑 眼下,以及别的日子(1955)

3　当我还是个孩子

4　母亲为我烘焙全世界

5　我们俩在一起,全都形单影只

7　上帝怜悯幼儿园的孩子们

8　我在等我的姑娘,而她的步履已不在那里

9　关于第一次战役的两首诗

11　雨落在我的朋友们的脸上

12　我的鼻子里满是汽油味

14　致他玛的六首歌谣

18　耶胡达·哈勒维

19　伊本·盖比鲁勒

21　我的父亲

22　从时间间隔里的所有空间

23　但现在看起来有多夸张

24　既然水压势若千钧

第二辑 两个希望之遥（1958）

- 27　上帝的手伸在世上
- 28　田野里的一具尸体
- 29　房间里，三四位
- 30　不像一株柏树
- 32　过两点，有且只有一条直线
- 34　世上一半的人
- 36　我想要死在自己的床上
- 38　致母亲
- 40　那些炸毁房屋的人
- 41　诗人
- 42　长发与短发的歌谣

第三辑 1948—1962年诗选（1963）

- 47　就世界而言
- 49　本世纪中叶
- 51　永别了
- 53　父母的迁徙
- 55　耶路撒冷
- 56　他们过问之后，有一阵子了
- 57　街道
- 58　向晚的房子
- 59　洗涤物
- 60　我们正确的地方

61　市长

62　复活

64　头发终于干了

65　如同我们身体的印记

66　倘若用苦涩的嘴

67　我们相爱时，房屋竣工了

68　那是夏天，或它的尾声

69　再一次

71　在仁慈的全副凛冽中

73　我们先别激动

第四辑　而今在喧嚣中：1963—1968年诗选（1968）

77　我之前的世世代代

78　是时候收集证据了

79　陪伴母亲

80　苦涩而粗暴

81　我的父亲，我的王

82　公牛归来

83　橘园之诗

84　我受邀去生活

85　摇篮曲

87　可惜，我们是如此美好的发明

88　与一位女士远足

89　夏日赞歌

90　塔基斯·西诺普洛斯，希腊诗人

92　阿庇亚古道

94　我到过罗马三次

96　若我忘记你，耶路撒冷

98　第一场雨

99　此刻，在喧嚣中

101　奸细

102　他们愚弄了我们

104　现在就分手

第五辑　不是为了回忆（1971）

107　而非言辞

108　以色列土地上的犹太人

110　耶路撒冷的自杀企图

111　房子翻新献诗

113　废弃的房子

114　野和平

116　利娅·戈德伯格之死

120　我们一丝不挂地躺着，平分秋色

121　不是为了回忆

122　恩戈地考古季的结束

123　再试试看

124　从前的样子

第六辑 这一切后面隐藏着某种伟大的幸福（1976）

- 127　我浑身长得毛茸茸的
- 128　有关上帝之道的诗篇
- 129　爱之歌
- 130　我精疲力竭
- 131　当一个男人被抛弃
- 132　一场大战正在打响
- 133　给阵亡者的七首挽歌（选）
- 136　一则预言的回归

第七辑 时间（1978）

- 139　1 "持续性、雷区和坟墓之歌"
- 141　3 "今晚，我再次想到"
- 142　5 "一对恋人在草地上翻滚了"
- 143　9 "这是什么？一间旧工具房"
- 144　10 "没有眼睛看见过"
- 145　15 "我路过昔日生活的屋子"
- 146　17 "一曲赞歌，送给我的爱人"
- 147　19 "一面旗帜是如何诞生的？"
- 149　20 "这枚炸弹的直径三十厘米"
- 150　26 "这个花园里有你的忏悔"
- 151　31 "在亚当的诅咒中，我断了奶"
- 152　34 "门开错了"
- 153　41 "黄昏躺在地平线上，献血"

v

154 43 "独立日,一首歌,一曲赞美诗"

155 46 "你承受着沉甸甸的臀部的重量"

157 48 "某种可怕的渴望袭来"

159 49 "我是一个'被种在溪水之畔'的人"

160 52 "耶路撒冷是一座晃动着我的摇篮城"

161 62 "离开一个你毫无眷恋的地方"

162 63 "一个人背井离乡既久"

163 68 "雨中,你如此渺小"

164 71 "'他留下了两个儿子'"

165 72 "我从前的学生在交警部门工作"

166 75 "黎明时分,鸟儿鸣啭"

167 77 "我的上帝,你给我的灵魂"

168 79 "现在救生员全都回家了"

第八辑 伟大的安详:纷纭的问与答(1980)

173 门已关闭

174 一位阿拉伯牧羊人正在锡安山上寻找他的山羊

176 躺着等候幸福

177 永恒之谜

178 异国他乡的雨

179 空姐

180 我不知道历史是否会重演

181 孩子也会是别的什么

182 暗处的的人总是看得清

183 如他们昔日所言，历史之翼的沙沙声

185 老城的一家咖啡馆

186 和我一道儿走最后的路

188 这样的女人

189 我梦到一个梦

190 更衣室谣曲

192 耶路撒冷满是用旧的犹太人

193 爱与痛苦之歌

194 年轻的女孩清晨出门，赳赳如武士

195 眼睛

196 心安理得，心灵和安宁

198 清晨仍是夜间

199 耶路撒冷生态学

200 游客

201 我们长途跋涉去睡觉

202 热爱土地

204 从你的偏见径直来到我的身边

206 诗永无终结

207 犹地亚山区的夏末

208 伟大的安详：纷纭的问与答

第九辑 恩典时刻（1983）

211 在别的星球上，你或许是对的

212 橘园的芬芳

214 每个人的生命中都需要一座被遗弃的花园

215 真正的英雄

217 同样的刺绣，同样的图案

218 酒店里

219 花草茶

220 有时，人人都需要一面镜子

221 那是恩典之日

222 尽量记住某些细节

224 上帝，我的绝缘层没了

225 人的一生

227 孩子没了踪影

229 渴慕的袭击

231 一位被打上死亡标记的男子

232 我的野孩子们

233 太阳客栈

235 奇迹

237 眼睛处女

238 真是糟透了

240 一名一丝不苟的女子

241 在海洋博物馆

242 哈马迪亚

244 我看见许许多多他人的面孔

245 雨转瞬将至

第十辑 你从人而来,也将归于人(1985)

249　躺在病床上的母亲

250　现在她在呼吸

251　现在,她沉下去了

252　我惹上了大麻烦

254　称之为未来的伟大表演

255　我的小女孩窥视

256　哈达西姆的学年结束了

258　苹果内部

259　爱的记忆——打开遗嘱

260　你从人而来,也将归于人

261　证据

263　爱的怀念:会怎样

264　一丛蔷薇挂在墙上

265　生命的历程

268　阿特利特

269　晚婚

271　在游泳池

273　旧金山以北

第十一辑 拳头也曾是张开的手和手指(1989)

277　我在战争中学会了

279　但我们

280　六十公斤的纯爱

281 一扇亮着灯的窗户,黑暗与我同在

282 悲伤和快乐

283 间隙

284 夏日休憩与言语

286 秋日将至及对父母的思念

288 背包客

290 最大的心愿

292 烧毁了的轿车上的第一场雨

294 我手提行李箱身处异国他乡

296 什么样的人

298 耶路撒冷山区的夏日黄昏

300 现在的情况就是这样

301 以法莲山的秋日来临

303 这片土地懂得

第十二辑 开,闭,开(1998)

307 而谁将纪念纪念者?

译后记 313

第一辑

眼下,以及别的日子
(1955)

当我还是个孩子

当我还是个孩子
海滨矗立着青草和桅杆，
每当我躺在那里
我就想，它们全都一样
因为它们全都伸向我头顶的天空。

只有母亲的话陪伴着我
像一份三明治裹在沙沙作响的蜡纸里，
我不晓得什么时候父亲会回来
因为空地上已长出另一片林子。

万物都伸出一只手来，
公牛用它的角挑破了太阳，
在夜里，街上的灯光爱抚着
我的脸颊和墙壁，
月亮，如同一只巨大的水罐，俯身
浇灌我焦渴的睡眠。

母亲为我烘焙全世界

为了我,母亲把整个世界烘焙
在甜甜的蛋糕里。
爱人把星星做成的葡萄干
挂满我的窗户。
憧憬封闭在我的内心
就像面包上的气泡。
外观上,我光滑、安静、色泽焦黄。
全世界都爱我。
而我的头发却悲伤得像干涸沼泽里的芦苇——
所有长着漂亮羽毛的珍稀鸟类
都弃我而去。

我们俩在一起,全都形单影只

"他们二人同住,各顾各。"
——来自一份租赁合同

又一个夏天转瞬即逝,我的姑娘,
爸爸没有来月亮公园玩。
然而,所有的秋千仍在荡来荡去。
我们俩在一起,全都形单影只。

海平面不断有船只消失——
现在,抓住任何东西都很艰难。
战士们在山后等候。
同情心是我们打心眼儿里需要的。
我们俩在一起,全都形单影只。

月亮正把云层锯成两半。
来吧,让我们来一场爱情决斗。
只要我们俩在交战的阵营前相爱。
一切仍有可能改弦更张。
我们俩在一起,全都形单影只。

爱情似乎把我,一面咸涩的大海,

化作秋天第一场甜美的雨滴。

当我坠落时,我被慢慢地带到你的身边。带我进去吧。

没有天使前来搭救我们。

因为我们在一起。全都形单影只。

上帝怜悯幼儿园的孩子们

上帝怜悯幼儿园的孩子们。
他不大怜悯上学的孩子。
对于成年人,则毫无怜悯,
对他们听之任之,
有时候,他们得在燃烧的沙土上
匍匐着爬向
急救站
浑身是血。

不过,也许他会看顾真正的恋人
满怀慈悲地庇护他们
像一棵树,自上方荫庇
那位躺在公共长椅上的老人。

或许,我们也可以给他们
几枚所剩无几的、稀有的同情币
那是母亲留给我们的传家宝,
就这样,他们的幸福将会保护我们
眼下,以及别的日子。

我在等我的姑娘,而她的步履已不在那里

我在等我的姑娘,而她的步履已不在那里。
但我听到一声枪响——士兵们
为战争而操练。
士兵们总是为了某些战争而操练。

而后我翻开衬衫的领子,
翻领的两个尖角儿指向
两个方向。
我的脖子从它们当中脱颖而出——
上面,我那安静的头颅的羽饰
结出目光的硕果。

下面,在我温暖的口袋里,叮当作响的钥匙
给了我微小的安全感
对于那些仍然可以
被锁起来加以保管的事物。

但我的姑娘仍在街上行走,
戴着末世的珠宝,
而令人生畏的危险的珠子
绕着她的脖颈。

关于第一次战役的两首诗

1
第一次战役催生出
可怕的爱情之花
伴随着几乎像迫击炮一样致命的吻。
我们城里可爱的公共汽车
运送着娃娃兵：
所有的公交线路：12 路、8 路和 5 路，都在向
前线开进。

2
在奔赴前线的路上，我们睡在一个幼儿园，
我把一只毛茸茸的泰迪熊枕在脑袋下面，
陀螺、洋娃娃和小号
而非天使
纷纷落在我疲惫的脸上。
我的脚上穿着沉重的靴子，
踢翻了一座色彩鲜艳的积木塔
它们堆在一起，
每一块都比下面的一块小。
我的脑海里，是一堆大大小小混乱的记忆，

从这混乱中,记忆创造出梦想。

窗外,火焰升腾……
我眼皮下的眼睛也同样如此。

雨落在我的朋友们的脸上
——缅怀迪基

雨落在我的朋友们的脸上；
落在我活着的朋友们的脸上
他们用毯子遮住脑袋——
雨也落在我死去的朋友们的脸上，
他们不再需要遮挡。

我的鼻子里满是汽油味

我的鼻子里满是汽油味
我的掌心里,捧着你上升的灵魂,
就像一枚香橼,放在柔软的棉花做的碗里——
生前,我父亲每年秋天都会制作它。

橄榄树停止了好奇——它懂得
季节流转,是时候离开了。
擦干你脸上的泪痕,我的姑娘,在我身边稍作停留,
就像在一幅全家福里,露出你的微笑。

我收拾好衬衫和我的忧郁,
我不会忘记你,我房间里的姑娘,
沙漠和血腥之前我的最后一扇窗户,
那儿没有窗户,有的,是一场战争。

你一度开怀大笑,而今,你的眼中满是沉默,
亲爱的祖国从不哭泣,
风会在凌乱的河床上沙沙作响——
什么时候我们再能头挨着头睡觉?

大地上,原材料留下它们的印记,

不像我们，被从寂静和黑暗中提取出来，
天空中，一架喷气式飞机为所有人带来和平，
为我们，也为了所有在秋天相爱的人们。

致他玛[1]的六首歌谣

1
雨窃窃低语,
此刻你可以入眠。

卧榻之侧,报纸沙沙作响的翅翼之声。
除此之外,再无别的天使。

我早早起床,贿赂初来乍到的一日
对我们和颜悦色。

2
你爆发出一阵葡萄般的大笑:
笑声累累、翠绿、圆润。

你全身满是蜥蜴;
它们全都喜欢阳光。

---

[1] 他玛(Tamar),《圣经》人物。《圣经》中共有两处提到他玛之名,第一次见于《创世记》,他玛为犹大之儿媳,守寡后设计与公公同寝,从而维护了自己的续嫁和续嗣之权。第二次见于《撒母耳记下》,为大卫之女、押沙龙的亲妹妹,貌美,后被同父异母的哥哥暗嫩强奸,两年后,押沙龙伺机杀死暗嫩,为他玛复仇。(本书注释均为译者注)

花儿开满田野，草儿长上我的脸颊。

一切皆有可能。

3

你总是躺在

我的眼睛上。

我们生活在一起的每一天

《传道书》的作者，会从他的书中除去一行。

我们是可怕的审判中救命的证据。

我们会将他们全都无罪释放。

4

像嘴里的血腥味，

春天之于我们——突如其来。

世界在今夜苏醒。

仰面朝天，双目圆睁。

新月契合了你面颊的轮廓，

你的乳房契合了我面颊的轮廓。

5
你的心,在静脉里
拨着血河。

你的眼睛依然如床榻般温暖——
时光横陈其上。

你的大腿是一对儿甜蜜的昨日,
我向你走来。

一百五十首《赞美诗》
全都高呼哈利路亚。

6
我的双目想要流向对方
像两面相邻的湖泊。

告诉彼此
它们目睹的一切

我的血液有许多亲戚——
他们从未谋面。

而一旦他们死去
我的血液就成了继承人。

耶胡达·哈勒维[1]

脖子后面的绒毛
是他眼睛的根系。

他的卷发是
他梦想的续集。

他的前额是一艘帆船；双臂作桨
把体内的灵魂运至耶路撒冷。

但是，他将快乐童年的黑色种子
攥在大脑的白色拳头里。

等他到达心爱的、极其干燥的土地——
他就会撒下种子。

---

[1] 耶胡达·哈勒维（Judah Halevi，也写作 Yehuda Halevi 或 ha-Lev，1075—1141），西班牙犹太裔物理学家、诗人、哲学家，出生于西班牙的托莱多或图德拉，1141 年到达圣地耶路撒冷，不久亡故。被认为是犹太人历史上最伟大的诗人之一，其世俗诗和宗教诗均很出名，部分诗作仍可见于今天的犹太教礼仪当中。其主要哲学著作有《库萨里》(*The Kuzari*)。

伊本·盖比鲁勒[1]

有时是脓,
有时是诗——

总有东西在分泌,
总是疼。

在父辈们的丛林里,我的父亲是一棵树,
覆盖着绿色的青苔。

哦,肉的寡妇,血的孤儿,
我必须逃脱。

眼睛像开瓶器一般敏锐
启开沉重的秘密。

然而,经由我胸前的伤口
上帝向宇宙张望。

---

[1] 伊本·盖比鲁勒(Shlomo Ben Yehuda ibn Gabirol,约1021—约1058),拉丁文名阿维斯布隆(Avicebron),11世纪安达卢西亚诗人和犹太新柏拉图主义哲学家。其诗作代表了当时希伯来宗教诗和世俗诗的顶峰,同时也被誉为西班牙第一位哲学家。

我是通向
他公寓的门。

我的父亲

父亲的记忆裹着白纸,
像备给工作日的切片面包。

活像一名魔术师从帽子里拽出兔子和高塔,
他从自己的小身板里抽离出——爱来,

他双手的河流
在他的善行中川流不息。

从时间间隔里的所有空间

从时间间隔里的所有空间,
从士兵队列中的所有空隙,
从墙上的裂缝,
从我们不曾关紧的门,
从我们没有握紧的手,
从身体和身体之间的距离
当我们未曾彼此靠近时——
巨大无垠的广阔就会叠加起来,
平原,沙漠,
那里,我们的灵魂将在死后无所希冀地行走。

但现在看起来有多夸张

但现在看起来，离别和相逢比起来有多夸张——
不再是孪生姐妹，不再是姐妹，
不再站在一起，
只是相逢的花瓣，缠绵的蝴蝶，
在离别的天空中，在没有记忆的漫长旅途中，
只是心爱的人嘴里少许温热的空气，
只有一个男孩的掌心
在秋季的暴风雨中，冬天高远的苍穹间，
只有那棕色的小小的眼睛
在这骇人的、可见的广阔空间里。

看看四季对田野和群山做了什么，
战争对城市做了什么，
而我的言语对你无所作为，
而我的双手未曾改变你头发的颜色，
梳分的方式！

既然水压势若千钧

既然水坝坝壁上的水压
势若千钧
既然苍穹中
返巢的白鹳
化身一群群喷气式飞机,
我们会再次感受到肋骨何等强壮,
肺里温暖的空气何等大胆,
在开阔的平原上,大胆去爱何等迫切,
当巨大的危险在头顶弓起身子,
又需要多少爱
才能填满所有空洞的容器
和那些停止报时的钟表,
需要多少呼吸,
一阵暴风雪般的呼吸,
才能唱出小小的春之歌。

第二辑

两个希望之遥
(1958)

上帝的手伸在世上

1
上帝的手伸在世上
像母亲的手，在安息日前夕
伸在被宰杀的鸡的内脏里。
当上帝的手伸到世上
他透过窗户看到了什么？
我的母亲看到了什么？

2
我的痛苦已经当上了祖父：
它生育了两代
酷似它的痛苦。
在我里面，我的希望已在内心远离人群的地方
建起了白色的住宅项目。
我的女友忘记了她的爱，像人行道上
一辆被遗忘的自行车。整夜放在户外，被露水打湿。

大街上，孩子们用月亮的粉笔。
为我生活的时日
为耶路撒冷的岁月画上记号。
上帝的手伸在世上。

田野里的一具尸体

他的血甩了出去,仓促,随意
像某个疲惫不堪的人
身上的衣着。
夜变得好长!
窗户一板一眼
就像我孩提时代的父母。

僧侣式的风
越过山丘,肃穆,头颈低垂。

市长们,联合国军官们
测量从生到死的
距离,
用直角、圆规和小尺子,
用雪茄盒,怀着沉重的感情,
怀着削尖的希望
和警犬。

房间里，三四位

房间里，三四位
总有一位驻足窗前。
他必得看见荆棘中的不义，
山丘上的火光。
那些完整地迈出家门的人们傍晚时
又如何像零钱一样被找回。

房间里，三四位
总有一位驻足窗前，
思绪之上是他的黑发
他的背后，是言语，
他的前方，没有背包的声音四处游荡，
心灵没有粮草，预言没有饮用水，
巨大的石头被放回原地
保持密封，一如没有地址的
信件，无人签收。

不像一株柏树

不像一株柏树,
不是一下子全像,不是我从头到脚都像,
而像青草,在千万个小心翼翼的绿色出口,
像众多的孩子躲起来
而其中一个找寻他们。

不像这个单身汉,
像扫罗[1],众人寻着他
拥他为王。

而像雨来自众多的云朵
落在许多地方,被吸收,被众多的嘴巴
畅饮,被呼吸
像经年的空气
在春日散落如花。

不是尖厉的铃声惊醒了
待命的医生,

1　扫罗(Saul,在位时间约为前1020—前1000),以色列的第一位国王,曾成功地领导以色列人对抗腓力斯人,但与大祭司撒母耳冲突不断。后罹患精神错乱,并在一次同腓力斯人的战斗中兵败自杀,大卫(David)遂接替扫罗继位。

而是轻拍声,自侧门
的小窗户上,是纷繁的心跳。

而后,是平静的退场,像不带
羊角号冲击波的烟,一位政治家辞职,
孩子们玩累了,
陡峭的山丘上,一块石头
几乎停止了滚动,在伟大克己的平原开始的
地方,无数谷粒中,尘土腾起,
像获得答案的祈祷者。

过两点，有且只有一条直线
——几何定理

一颗行星曾嫁给一颗恒星，
行星里，有声音在谈论未来的战争。
我只知道我在课堂上学到的：
过两点，有且只有一条直线。

空荡荡的大街上，一条流浪狗尾随着我们。
我扔出一块石头；狗不肯退却。
巴比伦王竟堕落到吃草的地步。
过两点，有且只有一条直线。

你小小的抽泣足以承受诸多痛苦，
就像火车头的动力可以拉动一长溜儿车皮。
我们什么时候能一脚踏入镜中？
过两点，有且只有一条直线。

有时它与众不同，有时又和你
合辙押韵，有时我们是单数，有时
是复数，有时我一无所知。唉，
过两点，有且只有一条直线。

我们快乐的生活变成了以泪洗面的生活，

我们永恒的生命变成了似水流年的生命。

我们的黄金生活成为了黄铜生活。

过两点,有且只有一条直线。

世上一半的人

世上一半的人爱着另一半,
一半的人恨着另一半。
我非得因为这一半和另一半而流离失所
无休止地改头换面,像循环往复的雨,
我非得休憩于岩石之间,变得
像橄榄树干一般粗糙,
聆听月亮冲我狂吠,
用担心伪装我的爱,
像铁道旁饱受惊吓的草那样发芽,
鼹鼠般生活在地下,
(叶落)归根而非归于枝干,感觉不到
面颊贴着天使的面颊,
在第一个洞穴中恋爱,在支撑着大地的
擎天华盖下迎娶我的妻子,
把死付诸行动,直到最后一口气,
最后一句话,却压根儿也不理解,
将旗杆插在房顶上,防空洞建在
地下。出门走在只为回家而修筑的
路上,在孩子和死亡天使之间
通过所有令人惊吓的
车站——猫、棍棒、火、水、屠夫?

一半的人爱,

一半的人恨。

旗鼓相当的一半间,何处是我的归宿?

穿过什么样的裂缝我会看到梦中投影的

白房子,沙滩上赤脚的

奔跑者,或者至少,土墩旁

某个姑娘飘摆的头巾?

我想要死在自己的床上

约书亚[1]的军队攀爬了一整夜

好准时赶到杀戮之地。

大地的深处,是死者的纬线和织物[2]。

我想要死在自己的床上。

就像坦克上的射击孔,射手们视野狭窄。

他们人多势众,而我总是寡不敌众。

就让他们来审问我。我不得不说出我说过的话。

但我想要死在自己的床上。

太阳啊,你要在基遍[3]站住!你的光

---

1 约书亚(Joshua),《圣经·旧约》中希伯来人的领袖、先知,继摩西之后成为以色列的领袖。

2 "Deep in the ground, the weft and woof of the dead",此句中的"weft""woof"均指"纬线",因而给本句的理解和翻译增加了相当的难度,结合上下文,诗人在这里似乎是说,"the weft",即第一个"纬线",是位于大地之下的所有死者之间的关系,即一种横向的、纬线状的关系,而"woof",即第二个"纬线",则是指每个死者身上所穿的衣服,即"织物"。

3 基遍(Gibeon),《圣经·旧约》中的地名,位于耶路撒冷北部的迦南城,曾被约书亚所征服。约书亚将基遍人描述为亚摩利人,而非以色列人。约书亚在征服基遍人的战斗中曾喝令太阳停住:"当耶和华将亚摩利人交付以色列人的日子,约书亚就祷告耶和华,在以色列人眼前说,日头阿,你要停在基遍。月亮阿,你要止在亚雅仑谷。于是日头停留,月亮止住,直等国民向敌人报仇。这事岂不是写在雅煞珥书上吗。日头在天当中停住,不急速下落,约有一日之久。"(《约书亚记》10:12—13)

适合为整夜屠戮的战争制造者熠熠生辉。
我甚至有可能看不到我的妻子被打死,
但我想要死在自己的床上。

参孙是一位英雄,因为他有一头长长的黑发。
我必须学会如何弯弓射箭,如何勇敢,
他们封我为应召英雄[1],剪掉我的头发。
我想要死在自己的床上。

我明白,无论什么地方,人总可以应付得来,
即使是狮子的胃,也有多余的空间。
就算我孤独终老,又有何干。我毫无忌惮。
但我想要死在自己的床上。

---

[1] 诗人在这里自创了一个新词"hero-on-call",意思是"随叫随到的英雄""随时待命的英雄",这里为简洁之故,翻译为"应召英雄"。

致母亲

1
像一架古老的风车,
总是两只手高高举起,仰天大叫,
两只手放下,准备三明治。

她的眼睛像逾越节[1]前夕一样
干净发亮。

夜里,她把所有的信和
照片放在一起,

好用它们度量
上帝手指的长度。

2
我愿跨越
她啜泣的深涧。

---

1 逾越节(Passover),犹太人的节日,通常从三月或四月开始,持续七至八天。逾越节以一顿特别的晚餐开始,以纪念上帝帮助他们的祖先逃离埃及。

我愿站在她沉默的

热浪里。

我愿斜倚在

她痛苦的崎岖树干上。

3

她把我，

放在一处灌木丛下，

像夏甲放下以实玛利[1]。

这样她就不会看到我死在战场上，

在某一处灌木丛下，

在某一场战争中。

---

[1] 根据《圣经·旧约》的记载，亚伯拉罕原名亚伯兰（Abram），因其妻子撒拉（Sarah）久婚不孕，因此和妻子的使女夏甲（Hagar）同房。夏甲在亚伯兰八十六岁时为其生下儿子以实玛利（Ishmael），意为"神听见"。后撒拉在百岁时为亚伯兰生子以撒，亚伯兰在撒拉的怂恿下，将夏甲和以实玛利逐出家门。后来的阿拉伯人被认为是以实玛利的后裔。夏甲携以实玛利在旷野流浪之事件见《创世记》（21:14—16）："亚伯拉罕清早起来，拿饼和一皮袋水，给了夏甲，搭在她的肩上，又把孩子交给她打发她走。夏甲就走了，在别是巴的旷野走迷了路。皮袋的水用尽了，夏甲就把孩子撇在小树底下，自己走开约有一箭之远，相对而坐，说，我不忍见孩子死，就相对而坐，放声大哭。"

那些炸毁房屋的人

那些炸毁房屋的人
如今已被抛弃,像一处被遗弃的村庄
而地球
依然在转动,
铺着各国的地毯。
雨在一个空荡荡的世界面前迈着它的步伐。
词语转换,像卫兵换岗:
有些总是在岗位上呼呼大睡。
风呜咽着,来而复去
从海边一路走来。
我的思绪豁然开朗,继而黯淡失色
犹如一只切成片的苹果。
但我的身体自由而快乐
就像一座被损毁的房屋,尽管里面看得见
天空。

诗人

像尚未断奶的婴儿的嘴——他的眼睛
也没有断奶,他对一切都跃跃欲试。
没错,他觉察到夏去秋来,
尽管内心,总有东西拖着后腿。

在所有别的树正在
生根的地方,两条腿便是他的全部。
当内心突然诗兴大发,
他觉得他会写上一会儿,直到恍然大悟

他这门行当到底是为了什么。
他的双眼,睁得姗姗来迟,
向窗外逡巡,笔下却

未尝稍歇,仿佛来自记忆的压力。
现在,他把自己的身体安放得像一道水坝,
坝壁后面,万事储备停当。

长发与短发的歌谣

他来营地时剃光了头发。
她依然长发披肩,处之泰然。
"到处都是噪音,我压根儿听不见你在说什么。"
——你的长发,姑娘。——还有你的短发。

整个夏天,训练有素的花儿在耐心的
大地里绽放;它们积蓄着力量。
"我回来找你,姑娘,但一切已今非昔比。"
——你的长发,姑娘。——还有你的短发。

风吹折了树;树撕碎了风。
他们有大把的选择,却没时间喘口气。
"下雨了,从那儿回家吧。"
——你的长发,姑娘。——还有你的短发。

对他们来说,这个世界就像间接引语,
压根儿没怎么触碰他们。慢慢地,他们开始唱歌。
"我把表都调好了。你什么时候到?"
——你的长发,姑娘。——还有你的短发。

而后他们变得沉默。像后退的脚步。

天空豁然洞开。律法书再次合上。

"你在说什么,姑娘?"

"你在说什么?"

——你的长发,姑娘。——还有你的短发。

第三辑

1948—1962 年诗选
（1963）

就世界而言

就世界而言,
我总像是苏格拉底的一位门生:
形影不离,
倾听他的季节和世代,
所有我能做的,不过是说:
是的,千真万确。
这次您又对了。
一切如您所料。

就生活而言,我永远都是
威尼斯:
街上的一切
在别人那里。
在我,则是黑暗、流动的爱。

就尖叫而言,就沉默而言,
我是永远的羊角号:
经年的囤积,不过是为了
敬畏十日[1]里可怕的一阵啸鸣。

---

[1] 敬畏十日(Days of Awe),犹太教中 High Holidays(赎罪日)的别称。

就行为而言,
我是永远的该隐:
一个逃亡者和流浪者,在无意付诸的行动前,
或不能消除的
行为后。

就你的手掌而言,
就我心脏的信号和
肉体的计划而言,
就墙上的字迹而言,
我是永远的无知者:我不能
读或写
我的脑袋空如一茎野草,
所知唯有秘密的私语
和风中的摇摆
当命运掠过我,
去往某个别的地方。

本世纪中叶

本世纪中叶,我们彼此相迎,
半张脸侧着,眼睛聚精会神
就像一幅古埃及画像
并且就那么一小会儿。

我抚摸你的秀发
逆着你出门远行的方向,
我们彼此呼唤,
像喊着城镇的名字,
那里,没有人会在
沿途停下脚步。

早早向着邪恶起身的世界是可爱的,
在罪恶和怜悯中沉睡的世界是可爱的,
在我们,你和我,的混合中
世界是可爱的。

大地像啜饮美酒一样
啜饮人类和他们的爱情,
以便忘却。
它不能。

就像犹地亚山丘的轮廓，
我们永远无法实现和平。

本世纪中叶，我们彼此相迎，
我看到你的身体，拖着阴影，等候我，
长途旅行用的皮革背带
已系紧在我的胸前。
我赞美过你致命的臀部，
你赞叹我逝去的容颜，
我抚摸你的秀发，沿着你出门远行的方向，
我抚摸你的肉体，你末日的预言者，
我触摸你从不曾休憩的手，
我触摸你或许还会吟唱的嘴。

来自沙漠的灰尘布满了餐桌，
我们从未坐在那儿进餐
但在上面，我用手指写下
你名字的字母。

永别了

永别了,你的面孔,已是记忆中的面孔。
离别的幽灵上升,飞啊飞。
畜生的面孔,水的面孔,离去的面孔,
飒飒作响的果园,膝上的面孔,孩子的面孔。

我们彼此偶遇的时刻已不复存在,
不再有我们的私语:此刻和所有的私语。
你曾有一个风和雨云的名字,紧张不安
和目的重重的女人,镜子,秋天。

不知不觉,我们一道唱起歌来。
世事变化,世代更迭,夜的面孔。
不复再有属于我的,永远无法破解的密码,
密闭的——乳头状的、紧扣的、有嘴的和缠结的紧致。

就此和你永别,不再沉睡的你,
因为,一切都在我们的言辞里,一个沙的世界。
从今往后,你摇身变作万事万物的
梦想家:世界在你的掌心。

永别了,死亡之束,塞满了等候的行李箱。

线团，羽毛，神圣的混乱，头发梳紧。
好定睛观瞧：不会有什么，没有手在书写；
凡不属肉体的，将不会持久。

父母的迁徙

父母的迁徙尚未让我的内心恢复平静。
碗放下后，
我的血液还在碗沿上不停地颤抖，
父母的迁徙尚未让我的内心恢复平静。
风接连不断地掠过石头。
大地遗忘了行走者的脚印。
可怕的命运。午夜后零星的谈话。
有成就，就有退却。黑夜提醒，
而白昼健忘。
我的眼睛，曾长久地注视着广袤的沙漠，
稍许有了些宁静。一位女士。游戏的规则
没有人能完全解释清楚。疼痛和重量的法则。

即便现在，我的心
靠着它每天的爱
也只能勉强糊口。
父母正在迁徙。
在我会永远成为孤儿的十字路口，
太年轻还不能死，太老了又玩不转。
矿工的疲惫
采石场的空寂

在同一个身体里。
未来的考古学,
行将发生之事的博物馆。
父母的迁徙尚未让我的内心恢复平静。
我从含辛茹苦者那里学会了含辛茹苦的语言,
因为我的沉默在房屋之间
它们总是
像船只。

我的血管,我的肌腱早已成了
我永远也解不开的绳结。
最后,我自己的
死亡
结束了父母的迁徙。

耶路撒冷

在老城的一处屋顶上
洗好的衣服晾在向晚的阳光下：
与我为敌的女人的白床单，
方便拭去额头的汗珠，
与我为敌的男人的毛巾。

老城天空里的
一只风筝。
绳子的另一端，
一个孩子
我看不见，
全赖那堵墙。

我们竖起了纷繁的旗帜，
他们竖起了纷繁的旗帜。
好让我们觉得，他们很幸福。
好让他们觉得，我们很幸福。

他们过问之后,有一阵子了

他们过问之后,有一阵子了,谁住在这些屋子里,
是谁最后开口说话,
是谁把外套忘在了这些屋子里,
留下来的那位是谁,为什么不逃走?

花丛中挺立着一棵枯树,枯树。
一个长期存在的错误,一个昔日的误解,
土地的边缘,别人的时代
开始了。那里有些微的宁静。

关于肉体和地狱的新闻时事,
终点的芦苇,它们摇曳的咒语和飒飒声。
风从那个地方吹过
一只表情严肃的狗目睹了人们的笑声。

街道

过往汽车的灯光
将我的思绪照得黑白分明。

我,只在允许的地方
过马路,
被突如其来地唤入玫瑰丛。

就像一根黯淡的树枝,折断的地方
是白皙的,
恋爱时,我也同样明亮。

向晚的房子

逼仄的公寓里，
家具挪来挪去。坐的地方
变成了床，床变成了祭坛，
祭坛——祭奠曾经的存在。

白色的床单拍打着窗棂：
战斗开始前，向黑夜举手投诚。

就像一个人，生前，
就为自己买了一块墓地，
而今，我已爱上了
给予我去爱的一切
在夜深人静时，在双重洞穴的内心里。

洗涤物

但凡晾着衣服的地方
没人会死,
没人奔赴战场,
他们至少会待上
两三天。
他们不会被取代
也不会慌张。
他们不像干枯的野草。

我们正确的地方

从我们正确的地方
开不出
春天的花朵。

我们正确的地方
像庭院，
坚硬、饱受践踏。

而怀疑和爱
掘开这世界
像鼹鼠、犁铧。
或许听得到一阵窃窃私语
在废弃的房屋
曾经矗立的地方。

市长

成为耶路撒冷的市长
是令人难过的——
是可怕的。
一个人怎能成为这样一个城市的市长?
一个人能为此做些什么?
不停地建啊建啊建。

夜里,山上的石头爬下山
包围了石砌的房屋,
活像群狼向狗们嗥叫,
而它们已是人类的奴仆。

复活

而后,他们打算起身
全都不约而同,伴着椅子的刮擦声,
他们将面对狭窄的出口。

他们的衣服皱皱巴巴
满是尘土和烟灰,
他们的手,从贴身口袋里发现了
一张许久以前的票根。

他们的面孔,依然和上帝的
旨意纵横交错。
而他们的眼睛,因在地下
失眠太久而布满血丝。

问题不请自来:
几点了?
你把我的(时间)放哪儿啦?
啥时候?啥时候?

其中一个,可以在对天空的
古老观测中,了解是否下雨。

或者，一位女士，
以某个经年累月的姿势，揉了揉眼睛，
撩起脖颈后面
浓密的头发。

头发终于干了

头发终于干了
当我们已远离大海,
当混杂在我们身上的言语和盐分
在叹息中分道扬镳,
而你的身体也不再显现
可怕的古老的征兆。
我们徒然地把东西忘在了海滩上,
这样我们就有理由打道回府。
而我们并没有回去。

这些日子里,我回忆起
不以你的名字命名的日子,就像是某艘船的名字。
以及透过两扇敞开的门,我们怎样瞥见了
一名心事重重的男子,以及我们怎样眺望
云朵,带着从盼望雨水的父辈那里继承下来的
古老的眼神。
而在夜里,当世界冷却下来,
你的身体仍长时间地保持着体温
像一面大海。

如同我们身体的印记

没有任何迹象,如同我们
身体的印记,能证明我们来过此地。
世界在我们身后关闭,
沙子会自我清理。

日子已遥遥在望
那副你空无踪迹的景象。
一阵风吹散了云朵
我们的头顶再也不会落下雨滴。

你的名字已出现在船上的旅客名单里
出现在旅馆的登记簿上,
单单这些名字
就让人心如死灰。

我会讲三种语言,
我看到过,也梦见过所有的色彩:

但没有一个帮得上我的忙。

倘若用苦涩的嘴

倘若你用苦涩的嘴,说得出
甜言蜜语,世界
可不会变甜,也不会变得更苦。

书上写着:我们不应惧怕。
书上也写着:我们应始终如一,
像词语,
过去时,未来时,
或复数,或单数。

很快,我们会在即将到来的
夜晚现身,像流浪艺人,
一者在另一者的梦里。
而陌生人的梦境里,我们并不相识。

我们相爱时,房屋竣工了

我们相爱时,房屋竣工了
有人从一窍不通到
学会吹奏长笛。他的练习曲
婉转起落。现在,你仍能听到
它们,当我们再也无法填满对方
像鸟儿填满树梢。
你早就在不停地兑换现金,
从一个国家到另一个国家,从一种冲动到另一种冲动。

即使我们采取疯狂的行动,
现在看来,我们也没有太过
离经叛道,没有惊动这个世界,
它的人民和他们的睡眠。
但是现在,一切都结束了。
很快,我们两个谁也不会坚持到
忘记对方。

那是夏天，或它的尾声

那是夏天，或它的尾声，那时我听得到
你最后一次从东到西的
脚步声。世上
头巾、书籍和人都被忘得一干二净。

那是夏天，或它的尾声，
数小时午后的时光
你便是那时光。
那是你第一次披上裹尸布，
却浑然不觉。
因为，上面绣满了花朵。

再一次

再一次,求你成为我此时此地的王国,
跨过那道门,就再也回不去了。
我会再次听到:"你能来真好。"
然后死去,再也无法化零为整。

再一次,我的口袋里
你的家门钥匙的触感。
伴着午夜的寒风,突然
低语道:"拉上被子。""不,你给我盖上。"

再一次,你骨盆弯曲的盆地。
再一次,死而复生。
与你一道成为水中之水
直至终了。他们再也无法将我们分开。

躺在黑暗中,听得到
召唤的声音之上的声音。
再一次,在夜里触摸额头,
然后——倒下:

不是在战争中,也不是在未来的战争中再次倒下,

而是此时此刻，在这片无与伦比的土地上，
这片没有我的土地，这片没有你的土地，
这片灰色丘陵起伏的土地。无时无刻不在那里。

在仁慈的全副凛冽中

数数他们。
你数得清他们。他们
不像海边的沙粒。他们
不像无以计数的星辰。
他们像孤独的人们。
在角落里,在大街上。

数数他们。看看他们
目睹天空横过破败的房屋。
穿过石头,出去再回来。为什么
你要回来?但还是数数他们,因为他们
在梦中打发时光
因为他们在外奔波,因为他们的希望被除去绷带
又裂开,因为他们将死于自己的希望。

数数他们。
很快他们也学会了读墙上
可怕的字迹。学会在别的墙上
读读写写。而盛宴仍将是无声的。

数数他们。做好准备,因为他们

已用光了所有的血，而这还不够
就像在一场危险的手术中，当一个人
像一万个人那样精疲力尽，那样挨打。因为
有什么样的法官，就会有什么样的审判，
除非它是在全然的黑夜里
在仁慈的全副凛冽中。

我们先别激动

我们先别激动,因为一个传话人
犯不着激动。悄悄地,让我们把话传下去
一个接一个,一个人的舌头冲着另一个人的嘴。

如同一位父亲,不知不觉地,将他死去的
父亲的长相遗传给他的儿子
尽管他不像他们两个中的任何一个:
他只是一个中间人。

让我们记住那些死死握住不放
又从手中溜走的东西,
属于我的,或者不属于我的。
我们没什么好激动的。
呼叫声和呼叫者双双被淹没了。
或者,我心爱的人
动身之前托付我几句话,
好让我看在她的分上,把它们抚养成人。

那些对我们说起的话
让我们不要再传给别人。沉默就是认输。不,
这不是我们该激动的。

第四辑

而今在喧嚣中：1963—1968 年诗选
(1968)

我之前的世世代代

我之前的世世代代都曾为我捐献
集腋成裘，这样我才能在耶路撒冷突然崛起
就像一座祈祷所或某个慈善机构。
这是一桩可观的义务。我的名字就是我的捐赠者的名字。
这是一桩可观的义务。

我已接近父亲去世的年纪。
我的意志浑身上下打满补丁。
每一天，我都不得不改变我的生死
好让一切有关我命运的
预言应验。这样它们就不会沦为谎言。
这是一桩可观的义务。

我已过不惑之年。为此，
有些地方是不会
雇用我的。要是我在奥斯维辛，
他们可不会派我去干活，
他们宁可当场烧死我。
这是一桩可观的义务。

是时候收集证据了

我最后一次恸哭是什么时候?
是时候收集证据了
目睹我哭泣的人当中。有些已撒手人寰。
我以水洗眼
好透过潮湿和伤痛
再次打量这个世界。我需要
收集证据。这些天
我第一次感到内心尖锐的
刺痛:
我毫无惧色。我骄傲,近乎一个孩子
发现腋下,下身,两腿间的
第一根毛发。

陪伴母亲

每当我在外面玩耍
母亲就总会喊我回家。有一次她打电话给我,
而几年后,我才回家,
并非出于贪玩。

而今,当我坐在她的面前,
她就像哑默的石头。
我所有的语言,我所有的诗歌
就像一位地毯推销员
一个皮条客,一名巧舌如簧的旅游代理员。
油腔滑调,滔滔不绝。

苦涩而粗暴

结局苦涩而粗暴,
但我们之间的时光却缓慢而甜蜜,
夜晚是缓慢而甜蜜的
当我的双手并未在绝望中触碰彼此,
而是在爱中触摸你的身体,它把它们分开。
当我进入你的体内,这是唯一的办法
以尖锐的疼痛精确无误地
衡量巨大的幸福。苦涩而粗暴。

夜晚缓慢而甜蜜,
眼前的时光苦如沙粒。
"让我们冷静些",以及诸如此类的诅咒。

我们越是在爱中成长,
我们就越是被迫说出,
言语和冗长的复合句。

而要是当初我们待在一起,
我们就会沉默如斯。

我的父亲,我的王

我的父亲,我的王,无缘无故的爱,无缘无故的恨,
使我的容颜肖似这废弃之地的面孔。
岁月使我化身一名痛苦的品尝者。
就像一名品酒师,我分得清
形形色色的沉默,
洞悉什么是哀莫大于心死,何人如此。

我的父亲,我的王,求您动手,以免我的面孔
因大笑或流泪而支离破碎。
我的父亲,我的王,求您动手,以免我遭受
一切降临在我的欲望和
悲伤之间的东西的折磨;以免
违背我的意志所做的一切
看起来就像是我的意志。我的意志宛如花朵。

公牛归来

白天,公牛结束了斗牛场的工作,
与对手们喝上一杯咖啡,而后打道回府,
还给他们留了一张纸条,上面有他的地址,
以及红布的确切位置。
通常,当他在家的时候。
剑就留在他僵硬的脖子上。现在
他独自坐在床上,圆睁着沉重的
犹太人的眼睛。他知道
刺进肉体时,剑也会受伤。
下一次投胎转世,他要成为一把剑:伤害将如影随形。
("门开着。要是没开的话,钥匙就在垫子
下面。")
他洞悉黄昏的怜悯和最后的
怜悯。《圣经》中,他被纳入洁净的动物之列。
他相当符合犹太教规[1]:反刍,
甚至他的心脏也像偶蹄一样分成两半。
从他的胸前,突然冒出了毛发
又干又灰,仿佛是从破裂的床垫里蹿出来的。

---

[1] 犹太教规(kosher),源自意第绪语的 kosher 和希伯来语 kashér,意为"符合犹太教规的、洁净的,尤指食物而言"。

橘园之诗

我被上帝遗弃了。"你被上帝
遗弃了。"父亲说。
上帝抛弃了我。后来,他也一样。

橘园鲜花盛开的芬芳
一度在我的心中徘徊。手上黏糊糊的
满是果汁和欲望。你放声尖叫,
承诺用最后的两条大腿
去交战。随后,是沉默。你可爱的头脑
学过历史,懂得唯有过去的
才是安静的;甚而战斗,甚而橘园的
香味。曾经同一棵树上的果实和花朵
在春天里,分身两季。

那时,我们就已操着行将就木者,或转眼分道扬镳之人
奇怪的域外口音开口说话。

我受邀去生活

我受邀去生活。不过
我目睹我的主人,露出疲倦和不耐烦的神情。
树摇摇摆摆,云日益陷入
沉默。群山从一个地方
移动到另一个地方,天空开裂。
夜里,风心神不安地绕着
东西打转,尘烟,人群,灯光。

我在上帝的贵宾簿上
签上名字:我存在过,我苟延残喘过,
岁月美好,我享受过,我内疚过,我背叛过,
我对这个世界的接待工作
印象深刻。

摇篮曲

睡吧,我的孩子,睡吧。
歌不是歌
摇篮也不复是摇篮。
我并不在你的身边
距离令彼处的我,此处的你
变得平静。

睡吧,我的孩子,睡吧。
在我的心里,没有什么
比得上雨后
空地上的
野花。
但我嘴里有话要对
你的睡眠说,有话要说。

睡吧,我的孩子,睡吧。
橘子皮
会再次翻起
用你的梦做
一只橘子吧,我的孩子,

特伦佩尔多[1]会再度发现

他的断臂。睡吧。

睡吧,我的孩子,睡吧,

脱掉你所有的衣服。

在清真寺,我们脱鞋,

在犹太会堂,我们戴帽子,

到了教堂,我们会把它们摘下来。

这一切都与你无关,

你应该睡觉,我的孩子,睡吧。

---

[1] 约瑟夫·特伦佩尔多(Joseph Trumpeldor,1880—1920),早期犹太复国主义活动家和战斗英雄。他帮助组织了锡安骡马军团(the Zion Mule Corps),并将犹太移民带到巴勒斯坦。1920年,特伦佩尔多在保卫特尔哈伊(Tel Hai)定居点时牺牲,随后成为犹太复国主义的民族英雄。根据某种口耳相传的说法,他的遗言是:"没关系,为我们的国家而死,死得其所。"这句话使人联想起贺拉斯的诗句。

可惜,我们是如此美好的发明

他们从
我的臀部锯掉了你的大腿。
对我来说
他们都是医生。全都是。

他们拆掉了我们
此中有彼。
对我来说
他们都是工程师。全都是。

可惜。我们一度是如此美好
恩爱的发明。
一架由男人和妻子造就的飞机。
翅膀和一切。
我们在地球上空稍事盘旋。

我们甚至飞了一小会儿。

与一位女士远足

经过数小时的跋涉
你意外地发现
身旁大步流星的女士的身体
既不为旅行
也不为战争,

她的大腿渐渐沉重
屁股像一群倦飞的鸟儿摇摇摆摆,
你内心涌起一阵狂喜
为这世上,女人
如此这般的情状。

夏日赞歌

这些日子,上帝离开地球
前往幽暗群山中的
夏日居所,那群山就是你
他把我们丢给热浪,刀剑和嫉妒。

我们不想再谈下去了。我们压根儿不想
继续生存下去。永恒是
某种双向孤独的完美形式。

两腿间,某种甜蜜的感觉
告诉我们停留的无力
和言语的哀伤。

塔基斯·西诺普洛斯[1]，希腊诗人

塔基斯·西诺普洛斯的眼睛有着大海的颜色。
他外表是医生，内心是诗人。而
何处是大海？
当他爬上四楼，他气喘吁吁地
从一个扁平的、隐秘的盒子里吞下两粒药丸。

他也每天从鬼门关里捡回一条命。
当他从自个儿的阳台眺望罗马，
当他听到自个儿的心跳，
他外表是诗人，内心是医生。

但我知道，即使他不是海，
他也至少是奥德修斯
照他的吩咐，他被朋友们绑在桅杆上。
当他们的耳朵被蜡塞住时，他听到了。

塔基斯·西诺普洛斯，你的朋友早已弃你而去！

---

1 塔基斯·西诺普洛斯（Takis Sinopoulos, 1917—1981），希腊诗人，也是所谓"二战"后第一代希腊诗人中的领军人物。生前职业为医生，除诗歌成就外，他还是一位机敏多产的评论家和才华横溢的画家。基于他的鼓励和帮助，一批年轻诗人得以脱颖而出，被称为"七零一代"。

你已很久没有回到自己真正的故乡!
很长一段时间以来,你一直被绑在桅杆上。听。

在四楼,你就这样睁着咸涩的眼睛站在我的面前,
你的手,本该触摸心脏的手
却因突如其来的剧痛,无法触碰,
因为,你被绑在桅杆上。

阿庇亚古道[1]

罗马大道下方的

墓穴里,他们在说些什么?

他们是这么说的:我们当中,有人正路过此地

他还可以多活几天。

他响亮有力的脚步是一架时钟

丈量我们的时光,我们位于上方的心。

(闪着光泽的果实[2])

他打圣塞巴斯蒂安门[3]来,

风把死者的语言翻译成自己的口音。

他走着走着,影子倒在墓碑上。

他的影子悄悄穿过禁园的格栅。

他虚掷了最后一次成为柏树的机会。

他注定回归,一如到来,他注定说谎,但凡开口说话,

以便而今沉默一如我等。他注定要成为不可能成为之人。

---

1 阿庇亚古道(Via Appia Antica),原文为意大利语。阿庇亚古道是古罗马共和国最早和战略上最重要的道路之一。它连接了罗马和意大利东南部阿普利亚的布林迪西(Brindisi)。该道路以罗马检查官阿庇乌斯·克劳狄·卡阿苏斯(Appius Claudius Caecus)的名字命名,他在公元前312年同萨莫奈人的战争期间开工修筑并完成了第一部分,以作为通往南方的军用道路。
2 "闪着光泽的果实",原文为意大利语:glaci frutti。
3 阿庇亚古道从罗马城的圣塞巴斯蒂安门向东南方向延伸。

这是仁慈的日子，面对死者；
而死者并不想要仁慈。
就像上次广播节目结束的时刻，
一阵轻柔的哨鸣会在空中停留片刻。
之后，寂然无声。

我到过罗马三次

我到过罗马三次

一次比一次纠结于

自己的问题。这一次

我们居然卷了进去

就像摔跤手,彼此扭作一团,

我和我的问题:野兽,

网子和三叉戟,锋利的刀剑,

早期的基督徒,开槽的刀剑,

在地下墓穴跌跌撞撞,

从山呼海啸的提图斯凯旋门[1]浮现。

其中种种,我一无所见,我和我的问题。

我本可以留在耶路撒冷。

我到过罗马三次。这一次

更多的荣誉,更多的痛苦,

更多的意大利语——

而不仅仅是:火车在哪儿?多少钱?

---

1 提图斯凯旋门(Arch of Titus),矗立于罗马广场的入口处,公元81年由罗马皇帝图密善建造,以纪念其兄、前任罗马皇帝提图斯(79—81年执政)被封神和圣化,以及当年率军围攻耶路撒冷和公元70年摧毁耶路撒冷圣殿后凯旋。

所有的大门全都向周遭的死亡敞开。
就连我最爱的圣塞巴斯蒂安门[1]
也是。

---

[1] 英译中使用了意大利语的表述：Porta San Sebastiano。

若我忘记你,耶路撒冷

若我忘记你,耶路撒冷,
那么,就让我的右边被忘记。
让我的右边被忘记,而我的左边还记着。
让我的左边记着,你的右边紧闭
你的嘴在城门口大张着。

我会记住耶路撒冷
而忘记森林——我的爱会记得,
扬起她的长发,关上我的窗户,
忘记我的右边,
忘记我的左边,

若西风不来
我永远也不会宽恕围墙,
或大海,或我自己。
若我的右边忘记,
我的左边就会宽恕,
我将忘记所有的水,
我将忘记我的母亲。

若我忘记你,耶路撒冷,

让我的血也被忘记。
我会触摸你的前额,
忘记我自己的,
我的声音第二次、最后一次
发生变化
直到发出最骇人的声音——
或沉默。

第一场雨

第一场雨让我想起
纷扬的夏日之尘。
雨记不起旧年的雨。
一年是一只训练有素的野兽,毫无记忆。

很快,你会收紧可爱的刺绣
缰绳,提起透明的丝袜。
你孑然一身,既是母马,也是执缰者。

大腿,丝袜停留处
柔软肉体的白色惊恐,
突如其来,眼前出现古代圣徒的
幻视的惊恐。

此刻，在喧嚣中

此刻，在宁静来临前的喧嚣中
我可以告诉你，在那喧嚣
来临前的宁静中，我未曾诉说之事
因为，它们会听见我们，发现我们的藏身之所。

那时，我们只是狂风中的邻人，
被从两河流域的亚兰[1]刮来的古老热气流吹作一团。
而我血脉王国的"后先知书"[2]
已在你肉体的苍穹中预言。

对我们和心情而言，天气晴好，
太阳的肌肉在我们体内屈伸，而在情感的
奥运会上，在千万个狂热的观众面前化作金色，
我们应当知晓，多云天气会再度光临，而我们应原地逗留。

---

1 "亚兰"（Aram），亦作"亚拉姆"，思高本作"阿兰"，《圣经》中的地名，位于今叙利亚包括阿勒颇在内的中部地区。"亚兰"的名称源自挪亚之孙、闪之子亚兰，相传是亚兰人的祖先，希伯来人的兄弟民族。
2 "后先知书"（The Latter Prophets），共4卷，包括《以赛亚书》《耶利米书》《以西结书》和一卷本的"十二小先知书"；与"前先知书"相对而言，后者包括《约书亚记》《士师记》《撒母耳记》和《列王纪》。前、后先知书的提法，并非依据其创作的先后，而是依据其被编入宗教圣典的时间先后。

瞧,我们相遇在一处避风之所,在历史
开始上升的拐角,安静,
远离鲁莽之举。
有声音开始在晚上娓娓讲起故事,在孩子们的床头。

此刻,对考古学而言还为时过早
而要补救木已成舟之事又太晚。
夏日将至,尖硬凉鞋的吧嗒声
将陷在松软的沙地里,直到永远。

奸细

多年以前
我被派来
秘密监视这片三十岁
出头的土地。

我待在那里
未曾回到委派我的人身边,
以免告诉他们
这片土地上发生的事情
也免得撒谎。

他们愚弄了我们

他们愚弄了我们。
他们告诉我们说：我们会丧命，会在一场战争中被消灭殆尽。
打我记事起，他们就告诉我们：
我们会血流成河。
我们又吃又喝，到了第二天
我们压根儿没死。
我们挥霍了毕生积蓄，
比如，鲜花，比如，野草……

今年春天，我无意中想起：
那时你说："我只给你一个晚上"，
到底什么意思。你是说
我们生命中的每一天都意味着夜晚，一夜，
还是说你恐惧不能自已，才说出这番话？

他们愚弄了我们。老师所授，我毫无保留地
传授给我的学生；传授得匆匆忙忙，
这样我就可以活得轻松些，末了也是为我自己。
他们愚弄了我们：
滴血未洒

比血流成河
号啕得更撕心裂肺。

现在就分手

现在就分手
我们之间的话语
崩作尖锐的碎片：
"没有你，我压根儿没法活，"
而后，一个接一个，把它们捅入
对方的心脏：
我压根儿没法。
没有你，
没法，
去活。
没法，
去活。

第五辑

不是为了回忆
（1971）

而非言辞

我的爱人身着一袭修长的白色
睡袍，无眠的长袍，婚礼的长袍。
向晚，她倚坐小桌旁，
梳子放在上面，两只小瓶
一把刷子，而非言辞。
从头发深处，她钓起许多发卡
把它们抿在唇间，而非言辞。

我弄散，她梳理。
我再度弄散。还会剩下些什么？
她无言地入睡，
她的睡眠摇晃着羊毛般的梦，
已对我了如指掌。
她的小腹易于吸收
世界末日
所有愤怒的预言。

我摇醒她：我们是
一场艰难之爱的器乐组合。

以色列土地上的犹太人

我们忘了我们来自何方。我们来自流放地的
犹太名字暴露了我们,
这名字带回有关鲜花和果实的记忆,中世纪的城市,
金属,石化的骑士,玫瑰,
香味消散的香料,宝石,众多的红色,
早已从人间消失的手工艺品
(那些手也连带着消失了)。

割礼之于我们,
正如《圣经》中示剑和雅各众子的故事,
如此,我们继续伤害我们所有人的生命。

我们何为?带着这般痛苦回到此地?
我们的全部家当已随着沼泽一道儿排干,
沙漠为我们盛开,孩子们美丽可人。
甚至途中沉没的航船的残骸
也抵达了海岸,
甚至风也抵达了。而非所有的船员。

我们何为?
在这片有着刺目的、黄色阴影的

漆黑的土地上？

（每过一阵儿，即便四五十年后，

总会有人说："日头晒死我了。"）

我们何为？同这迷雾般的灵魂，这些（犹太）名字，

我们森林般的眼睛，我们美丽的孩子，

我们快速奔流的血？

喷涌的血不是树根

却是我们拥有的最接近树根的

东西。

耶路撒冷的自杀企图

此地,眼泪无法软化
眼睛。他们只会打磨
抛光坚如磐石的面孔。

耶路撒冷企图自杀。
圣殿被毁日[1]她故技重演,
伴着红色和火
伴着风中慢慢分解的
白色的粉尘奋力尝试,她永远也不会得手,
但会一而再,再而三地尝试。

---

[1] 圣殿被毁日(Tisha B' Av),英文为 The Ninth of Av,时间为犹太历的埃波月第九日,为犹太历中最哀伤的日子,犹太人在这一天以 24 小时禁食和哀悼来纪念第一圣殿和第二圣殿被毁。

房子翻新献诗

塔利布[1]为我翻修房子,
他的眼睛见过科威特的黄金
和黑膏般的石油,
干活好换取区区几千里拉[2],
然后换成第纳尔[3],再然后
换成瞳孔里的金子。

他支起我倒塌的屋顶。
为房间的墙壁抹上灰泥,
活像一名优雅的网球运动员,
变换着我生活的情节。

他脚下生泉。下班后
他流经老城。
清新的河流蜿蜒曲折
深沉忧郁,顾盼生姿,
只有披肩秀发上的缎带方可媲美。
塔利布看到一个全身布满金色汗毛的

---

[1] 塔利布(Taleb),男子名,最早来源于阿拉伯语,意为开明、绝色。
[2] 里拉(lira),为意大利、土耳其等国所使用的货币单位。
[3] 第纳尔(dinar),为科威特、伊拉克等阿拉伯国家所使用的货币单位。

外国女人。一头毛茸茸的外来野兽
拖着影子在巷子里跳舞。他看到
警察骑着一匹白马
天使的翅膀降落在他的胸前。

夏天有福了,山坡上的青草烧得枯焦:
一场大火,也是一种语言。

废弃的房子

窗户塞满了石头,
门被扛走,宛如死尸,
门来自里屋。

横梁和带刺铁丝网堵住入口。
摆脱了狗和墙壁,铁链独自摆荡。

曾经的过往,兴许是
他人的未来
犹如宾馆里的房间。

野和平

不是一次停火的和平,
甚至不是狼和羔羊的景观。
而是
像内心里激情泯灭
你只能诉说那无尽的疲惫。
我懂得如何去杀人
才证明我是一个成人。
儿子手中摆弄的玩具枪
能睁开闭上它的眼睛并且说妈妈。
和平
没有铸剑为犁的大肆喧哗,
没有言辞,没有
沉重橡皮图章的砰然声响:由它
变轻,漂浮,像懒散的白色泡沫。
让我的伤口小憩片刻——
谁还在奢谈什么治疗?
(孤儿的悲啼代代
相闻,就像接力赛上:
接力棒永不落。)

让它来吧,

就像野花
突兀地来,因为田野
需要:野和平。

利娅·戈德伯格[1]之死

利娅·戈德伯格死于一个细雨蒙蒙的日子
像极了她诗中所写
雨把葬礼推迟到
第二天,阳光明媚,
像极了她的样子。

她悲伤的眼睛,唯一
可以和我父亲的眼睛相匹敌
在犹太人古老的沉重之眼
游戏中,滑入了
下方的凹陷。
(现在,他们双双去了那里。)

---

[1] 利娅·戈德伯格(Lea Goldberg,1911—1970),希伯来语诗人、作家、剧作家、文学翻译家和比较文学研究者,一生创作丰硕,其作品被认为是以色列文学的经典。戈德伯格12岁时开始写诗,她的家庭从俄罗斯被流放到立陶宛,父亲被监禁并随后陷入精神崩溃,早年的经历在她的心灵中留下了深深的烙印。戈德伯格先后于科夫诺大学、柏林大学和波恩大学学习。1935年,她前往巴勒斯坦,并于同年晚些时候出版了她的第一本诗集《烟圈》(*Smoke Rings*)。整个20世纪40年代,她的诗歌都在向她童年时代的东欧致敬,但是,到了20世纪50年代,她则致力于探索创造力、爱和沉默等主题,特别是在她1955年的诗集《早晨的闪电》(*Morning Lightning*)当中。20世纪50年代,她开始在希伯来大学教授文学,主要研究俄罗斯文学。先后出版了多部戏剧、儿童读物和小说,并将托尔斯泰、易卜生和契诃夫的作品翻译成希伯来文。1970年,她被追授以"以色列奖"(the Israel Prize)。2011年,戈德伯格被宣布为以色列四位伟大的诗人之一,其头像被印制在新版的100谢克尔面额的纸币上。

文学副刊印出来

两天，利娅·戈德伯格

就去世了。

她就这样逼迫着我们

强抑悲伤，以纯洁的

言辞纪念她，像极了她自己。

(在内盖夫战役中，她的小册子

《来自我的故乡》[1]一直放在我的帆布包里。

书页破损，创可贴把它们

粘在一起，但我懂得

所有退藏于心、

显露于外的文字。)

借助人类痛彻心扉的悲伤

她掌握了多门语言：

演讲，写作，平静的哭泣。

(她前脚刚走，就有三位女孩住进了耶路撒冷的一家公寓，

其中一位，我爱得死去活来。)

我们给她带去了生活的

甜蜜，好让她写进诗里，

就像甜甜圈里的果酱。

而苦难，

她靠一己之力就足以胜任：

无须他求。

---

[1] 英译本原文为"From My Old Home"，内容不详。

（我儿子两岁大时，喊她"戈德伯格"。
不喊阿姨。也不喊利娅。）

作为教授，她
或许打算活到年高德劭。
但是（她的）诗人（身份）却不想
以长寿，成为人生赢家。

利娅死了。她在人间拥有的
静默股份已十足可观。
她腰缠万贯，去向彼岸
一位女王，前往死亡的流放地。
在她那被生命征服的土地上，
年轻的男男女女还会一如既往地
读她的诗，在一个个与世隔绝的房间里。

在这座他们称之为"安息之地"的山上，
此刻，我想起了《妥拉》中的话语
"在悲伤中走向坟墓"：
悲伤应当是某种迷人的
珍贵之物，就像
金银器皿，与死去的国王
一起被放进墓穴。悲伤就是这般与你相随。

走吧。集合起所有的

声音。将它们随身携带。

它们是你的了,无可更改。

回到彼岸去吧。死者像你一样一丝不苟。

他们不会像我们那样说话:我想说。

我想,事情该是这样。也许我也会来。

死人说:不。不是我。我不是。

去你安息的地方吧,疲惫的利娅。

至于我们,唯一能做的,就是昂首

站立,静候

混合着松香的

噩耗和福音。

我们一丝不挂地躺着，平分秋色

我们一丝不挂地
躺着，平分秋色，犹如两枚橘瓣
直至夜幕在你的嗓音中
变得黯淡。

可以为水，但不要为石头
哭泣：这就是为什么我要回到耶路撒冷。
"我会想你的！"
这么俗气的话
谁教你的？

不是为了回忆

不是为了回忆
你才去活,而是为了完成
你(尽管如此,你)必须完成的工作,
不是为了持守你才去爱,
不是为了爱你才去伤害。

你凡事快捷,快到精疲力竭,
脾气暴躁,就像当年
你从一个国家飞到另一个国家,
用美好的时光换取甘霖般的祝福
在科伦特斯大街,以擦肩而过的情人货币,
换取某种不知名的交易,她们转瞬即逝,转瞬即逝。

瓦莫斯[1],走吧。在别的语言里,
这句话没那么伤人:一起
走吧,起初是幻觉,
而后,分道扬镳。

---

1 这里,诗人使用了西班牙语 vamos,意为"我们走吧;加油"。

恩戈地考古季的结束

考古学家们回家了,
收拾起他们黑白相间的木棒。
一切都统统度量过了。
他们留下的线
宛如分泌的蛛网。

罗马的发掘现场
豁口敞着,仰面朝天,
活像一个被遗弃在田野里
惨遭强奸的女人,
一切发生在光天化日之下
尽管她未曾发出尖叫。

再试试看

我尖叫的边缘构造奇特
如同一把复杂的钥匙。
靠它,艰难、受伤的睡眠
很难打开这个世界。
再试试,来吧,再试试看。
树上的叶子突然沙沙作响。
它们比我们更早洞悉
风的光临。再试试看,
花园的尽头有道后门。
也许某个不动声色的令人信服的演讲的奇迹,
会从岩石中引出泉水。不
引人注目,只是说说而已。

从前的样子

从前的样子。
我们夜里喝的水，日后，
都变成了世上的葡萄酒。

而一扇扇的门，我从不记得
冲里还是冲外开，
还有，你楼房入口处的那些按钮到底是
用来开灯，摁响门铃
还是响彻沉寂。

那就是我们想要的。那就是
我们想要的吗？
在我们的三个房间里，
在开着的窗户旁，
你曾向我许诺不会再有战争。

我送你的是一块手表，而非
结婚戒指：漂亮的环状时间，
失眠熟透了
的果实，直到永远。

第六辑

这一切后面
隐藏着某种伟大的幸福
(1976)

我浑身长得毛茸茸的

我浑身长得毛茸茸的。
我害怕他们会为了毛皮而猎杀我。

我那件五颜六色的衬衫并非爱的标记：
倒像是一座车站的航拍图。

夜里，我的身体在毛毯下四仰八叉，难以入眠
就像一个行将处决的人蒙着的眼。

活着，像一个逃犯和流浪者，临死
也渴望得到更多——

我也向往宁静，正如一片远古的土丘
那里多少城市都已破坏殆尽，

我也向往安详，
正如坟茔累累的墓地。

有关上帝之道的诗篇

上帝的条条道路位于莎伦[1]的老橘园里。
他令我漫步其上,在漆黑的树木间穿梭。
只有我知道绿色。我是来自下界的人。

近处的草在摇曳,远处的草在休憩,流光溢彩。
在一个正午时分横卧其上者的眼中,
此刻远胜永恒。

夜里,我听到屋顶上猫头鹰发出的啸叫。
我是来自下界的人。每一份爱
都使我远离我的生命和死亡。

---

1 莎伦(Sharon),希伯来语人名,得名于一种被称为"莎伦玫瑰"的开花灌木,本意为"森林",系指以色列海岸附近肥沃的平原。起先男女通用,20世纪初始固定为女性人名。此处当用作地名。

爱之歌

它是这样开始的:猛然间它
在里面变得松弛、轻盈和愉悦,
正如你感到你的鞋带有点松了
你就会弯下腰去。

而后别的日子来了。

如今我倒像一匹特洛伊木马
里面藏满可怕的爱人。
每天夜里他们都会杀将出来疯狂不已
等到黎明他们又回到
我漆黑的腹内。

我精疲力竭

我精疲力竭,犹如一门非常古老的语言
被外来词悍然入侵。
我无从反抗。

我要买条狗给自己,
教它学会渴望。

一扇门吱呀作响。
并非我爱的人前来光临。

而在优雅的夜晚,街道上满是
代父和代母。

当一个男人被抛弃

当一个男人被他的爱情
抛弃,一个圆形的空洞会在他的
内心展开,就像一处
神奇的钟乳石洞穴。慢慢地,
就像历史当中,为意义、目的和眼泪
所留存的空白。

一场大战正在打响

一场大战在我的嘴上打响
以免它变得僵硬,在我的下巴打响
以免它们变成空空如也的保险箱门,
以免我的生命被称为预死[1]。

就像一张被风摁在篱笆上的报纸,
我的灵魂也紧紧地卡在我的身上动弹不得。
如果风停了,
我的灵魂就会从我的身上脱落。

---

1 这里,诗人创造了一个新词:pre-death,其构词法类似 pre-trial(预审)、pre-war(战前)等,为了体现出上下文诗人所要表达的微妙含蓄和特殊张力,特将此处翻译为"预死"。

给阵亡者的七首挽歌（选）

1

贝林格先生，在雅法门与我擦肩而过，
他的儿子掉入运河，
陌生人开凿的运河，好让船只穿过沙漠。

失去了儿子的重量，整个人
瘦成了皮包骨。
这就是为何他会在巷子里飘浮得如此轻盈，
小树枝一般缠在我的心上，
而后渐行渐远。

7

阵亡者纪念日：马上把
你损失的一切带来的悲痛——
加到失去他们的悲痛之上——
包括已抛弃你的女人。用悲伤
混合悲伤，就像历史，
以省事的方式，在某一天堆砌起
痛苦、节日和牺牲，好让人记起来简单方便。

噢，甜蜜的世界浸透了，就像面包
泡在香甜的牛奶里，给可怕的
没牙的上帝。"这一切后面
正藏着某种伟大的幸福。"无论内心哭泣，
还是放声嘶喊，均无济于事。
这一切后面，也许藏着某种
伟大的幸福。

纪念日。苦涩的盐盛装打扮
像用鲜花打扮小姑娘。
沿途拉满了绳索，
为的是让生者和死者一道参加游行。
孩子们迈着不属于自己的悲痛步履前行，
就像小心翼翼地踩在碎玻璃上。

横笛手的嘴会那样吹上好多天。
一个死去的士兵在小小的脑袋上
用死人游泳的动作游泳，
用死人犯下的古老错误游泳
对有活水的地方犯下的错误。

一面旗子脱离了现实的接触，随风飘走。
一面商店橱窗装饰着漂亮的女装，
蓝白相间。一切都用三种语言：
希伯来语，阿拉伯语，还有死。

一头巨大而高贵的皇家动物奄奄一息
整夜躺在茉莉树下,
带着对世界的凝视。
一个男人走在大街上,
他的儿子死于战火
就像一个女人,子宫里是死去的胎儿。
"这一切后面,正藏着某种伟大的幸福。"

一则预言的回归

紫色相框里的一帧照片
给她五十年后的孙女。
"像我一般大的时候,
我奶奶很漂亮,远比我漂亮,比我骄傲。"

打那时起,一则甜蜜的预言
循环往复地从未来回到
我的身边:我就这样爱上了你。

我从侧面打量你:
睫毛和眉毛的颤动,像是
眉毛和脸颊之间的夹角里,一对翅膀的
颤动,而眼睛像一只鸟儿在筑巢。

你全身上下都是一窝甜蜜喧闹的鸟巢:
从头到脚
许许多多温暖的鸟巢。

第七辑

时间
(1978)

1

持续性、雷区和坟墓之歌。

每当你盖房子或修路,就会出现这样的情形。

而后来自梅亚希林[1]的人群发出黑乌鸦般

凄厉的尖叫:"一具尸体!一具冷冰冰的尸体!"。

而后,那些年轻的士兵,用他们

前一天夜里还在

拆卸枪械[2]的手,破译死亡。

好吧,别再盖房子,别再修路了!

就让我们造一座叠在内心的房子,

修一条绕在灵魂深处线轴上的路。

这样我们就不会死,永远不会。

此地的人们活在业已成真的预言中,

---

1 梅亚希林(Mea Shearim,希伯来语:מאה שערים,意为"百倍"、"百门"),一译"百倍之地",系耶路撒冷老城以外最古老的犹太社区之一。居民为哈雷迪犹太人,由1948年以色列建国之前世居于此的巴勒斯坦犹太人依舒夫(Yishuv)所建造。Mea Shearim这一名称源于《圣经·创世记》中的一节经文:"以撒在那地耕种,那一年有百倍(מאה שערים,mea shearim)的收成。耶和华赐福给他"(《创世记》26:12)。根据传统,该社区最初有100个门,这便是Mea Shearim另一个含义"百门"。
2 "枪械",原文为"iron(铁、铁器)",显然代指枪械、枪具,如果照原文直译,则意思难免隔膜,甚而不解其意,因此,这里采用意译。

就像活在爆炸后未曾散去的
厚重烟尘中。
因此,在孤独的盲目中,他们在两腿间,
在白昼和黑夜的交替中相互触摸。
因为他们没有别的时间,
没有别的处所,而先知们
早已寿终正寝。

3

今晚,我再次想到,
多少日子
曾粉身碎骨,
只为一夕欢爱。
我想到了这种浪费,和这浪费结出的果实,
想到了富足,以及火焰
想到,要是没有痛苦-时间,一切又将如何?

我见识过从一个男人通往
另一个女人的道路。
我见识过污损的一生
就像一封信,淋湿在雨中。
我曾目睹一张餐桌上的
残羹冷炙,
以及上面写着"兄弟们"字样的红酒,
要是没有痛苦-时间,一切又将如何?

5

一对恋人在草地上翻滚了
一整天,身体变得伤痕累累。

夜里,他们肩并肩躺在一起,四目相对
给世界,而不是
给他们自己带来拯救。

空旷的田野,一堆篝火熊熊燃烧,
痛苦而盲目地重复着
太阳在白天的工作。

童年遥不可及。
战争近在咫尺。阿门。

9

这是什么？一间旧工具房。
不，这是一场昔日轰轰烈烈的爱。

这里，焦虑和喜悦曾在
黑暗中，和希望
彼此相依。
或许，以前我曾来过这里。
却未曾就近发现它。

这些是来自梦境的声音。
不，这是一场轰轰烈烈的爱。
不，这是一间旧工具房。

10

没有眼睛看见过，
没有耳朵听到过，
没有鸟儿说起过：
这熟睡的孩子，就像一根指南针
在夜里微微颤抖。
而他的头却
一动不动，就如同在父亲牵挂的
神圣方舟里那般安然无恙。

没有眼睛看见过，
没有梦境梦到过
没有嘴巴提起过这个孩子。

古时候，人们常说：
"被爱的感觉，好似目中之瞳"。什么，什么，
似目中之瞳？这孩子。
何谓目中之瞳？一个由泪水
和颜料抟成的球。

哦，我所有的话语，我的生命
悲伤而幸福的指甲。

15

我路过昔日生活的屋子：
一个男子和一位女士依旧在那里窃窃私语。
许多年过去了，伴随着
楼梯间电灯明灭
复又亮起的安静的嗡嗡声。

一道道的锁眼，像小小的伤口，
血从那里渗出。里面，
人们死一般苍白。

我想再次站在（那儿），就像我（当初）
在门口彻夜拥抱我的初恋情人。
当我们在破晓时分手，房子
就开始坍塌，然后是城市，然后是
整个世界。

我想再次被憧憬填满
直到黯黑灼烧的印记出现在我的皮肤上。

我想被再度写入
《生命之书》，一个日子也不落
直到书写的手受伤为止。

17

一曲赞歌,送给我的爱人,
迎面,梳理头发,无需

镜子:你洗濯长发,你的头上
整片松林满蓄渴望。

内部的平静和外部的平静
联手捶打你的脸,直至变成一枚泰然的铜板。

床上的枕头是你备用的大脑,
枕在你的颈下,好用来回忆和做梦。

大地在我们脚下颤抖,我的爱。
让我们紧紧地躺在一起,一把锁,双保险。

19

一面旗帜是如何诞生的?
让我们假设一番,起初
有个东西完整无缺,而后被
撕成两半,全都大到足以容纳
两支作战的军队。

或者,像我小时候荒凉的
小花园里,沙滩椅上
破败的条纹织物,
在风中拍打。这
也可以是一面旗帜,让你起身
追随它,或在它的边上哭泣。
背叛它,或遗忘它。

我不知道。在我的战争中
没有旗手冲锋在前
身后是滚滚烟尘中灰色的士兵。
我目睹过始如春和日丽的事物,
末了,却以苍白的沙丘上
草草的撤退而收场。
而今,我已远离这一切,就像是一个人

站在桥中央

却忘记了它的两端

还照旧站在那里

凭栏弯腰

俯视奔逝的水流。

这也是一面旗帜。

20

这枚炸弹的直径三十厘米
有效杀伤范围约七米,
死者四名,伤员十一。
在他们周围,在一个由痛苦和时间构成的
更大的圆圈里,散落着两家医院
和一座墓地。而这个年轻女人
埋葬在她故乡的城市,
在那一百多公里外的远方,
将这个圆圈放大了许多,
越过大海在那个国家的遥远海岸
一个孤独的男人哀悼着她的死
他把整个世界都放进了圆圈。
我甚至都不愿提到孤儿们的哀号
它们涌向上帝的宝座还
不肯停歇,(直至)组成
一个没有尽头、没有上帝的圆圈。

26

这个花园里有你的忏悔:
"爱令人万念俱灰,"你说,
而其他的话我已忘得一干二净。我记得
高处的树梢已变黑,
下面的话语,还映照在灯光下。

有一扇窗,打开的人
不会是关上的人。

房前镌刻的号码,
如同马身上的烙印,难以在我的内心磨灭。

"爱令人万念俱灰",连同最后的声音
已经变成了
夜间出没的鸟儿和小动物们的食物。

31

在亚当的诅咒中,我断了奶。
燃烧的宝剑遥不可及
像螺旋桨一样在阳光下闪烁不止。
我已经爱上了那混合着灰尘
和死亡的面包上汗水咸涩的味道。

然而,那赐给我的灵魂,仍像舌头一般,
记得唇齿间甜蜜的味道。

如今我已是第二亚当,被从
大诅咒园中加以流放,
伊甸园之后,我曾在那里勉强度日。

我的脚下,一眼小小的洞穴发育成了
我身体的精确形状。
我是一个难民:第三亚当。

34

门开错了;
"你现在不应该在这儿。"

黑暗中,一缕细微的口哨声;
这是一棵年轻的无花果树。

一时间,一阵轻微的绝望仰起头来
像看门狗,竟然没有发出吠叫。

强奸犯好似在森林中沉睡
梦想着真正的爱情。

"你不应该出现在这儿。"
但我现在就在这儿。

迎着你疯狂的源头,我们一道破浪前行:
一挂雷鸣般的瀑布。而到了清晨,
水波不兴。

41

黄昏躺在地平线上,献血。
飞翔的鸟群黑雾一般在天空移动。

爱是温柔与呵护的水库,
像四面围城时囤积的食粮。

小男孩在床上坐得笔直。
他的国度是永恒的国度。

人们在房子周围竖起栅栏,
这样他们的希望就不会落空。

在一间白色密闭的房间里
一个女人决定再度蓄起长发。

大地为播种而翻耕。
一座秘密的军事设施在黑暗中绽放。

43

独立日，一首歌，一曲赞美诗。
一切如此遥远，但依然记忆犹新，
就像身体早已化作沙漠中的尘埃
而脚步的回响还历历在耳。
我听到的号角声——
已不再为我吹响。
甚至号角里温暖的气息——
也和我了无瓜葛。
而记忆中的尘埃已化作
遗忘的田野。

傍晚时分，建设者和破坏者
在我的房中济济一堂
通宵坐在阳台上
观看烟花
犹太民族多彩的叹息。

好了，我们别再谈那著名的六百万人了，
我们只谈其中的一个——我：
我是一个像死寂的坟堆一样的人。
而我的每一层
仍有东西在动。

46

你承受着沉甸甸的臀部的重量,
却双目清澈。
腰间一条宽大的皮带,无从保护你。

你由那种会减缓快乐
和痛苦过程的
材料制成。

我已教会我的阴茎
说出你的名字
就像一只训练有素的鹦鹉。

而你压根不为所动。好似
充耳不闻。
我还能为你做些什么?

现在,我全部的家当,唯有你的名字,
全然独立
像一只动物:

对我俯首帖耳

到了夜里,便蜷起身子
躺在我黑洞洞的大脑里。

48

某种可怕的渴望袭来,
就像一张老照片上的人物
想要回到
明亮的灯光下
另一些正在打量他们的人当中

在这儿,在这间屋子里,我想
爱情如何在我们生活的
化学反应中成了友谊。
我思忖着令我们对死亡安之若素的友谊,
以及,我们的生命何以像单向度的线
断无希望再被织进
另一块布匹。

沙漠中传来
沉闷的声音,
尘埃预示着尘埃,一架飞机
在我们头顶拉上了
硕大无朋的命运之袋的拉链。

一位从前爱过的女孩,今夜,对她的

记忆沿山谷移动,就像公共汽车——

许多明亮的车窗一闪而逝,许多张她的脸。

49

我是一个"被种在溪水之畔"的人
却并非"蒙福之人"。
沙漠静静地将我环绕,而我的内心,一点儿也不平静。
我有两个儿子,一个尚且年幼,
每当我看到其中一个哭天抢地
我就想再造一个
就像我做错了一般
想要另起炉灶。
家父已过世,而上帝形单影只,和我一样。
恶意之山[1] 驶入黑夜
全身长满了触角,直达天堂。

我是一个被种在溪水之畔的人,
但我只能哭出,
汗涔涔地流出,尿出
从我的伤口涌出——
所有这些水。

---

[1] 恶意之山(Hill of Evil Counsel),位于耶路撒冷老城的南部和东部,欣嫩谷(Valley of Hinnom, Hinnom 对应于希腊语中的 Gehenna,"地狱"之意)的东南角,现在被认为是耶路撒冷锡安山地区的一部分。今天,耶路撒冷的阿布图尔(Abu Tor)社区位于这一山丘之上。围绕着恶意之山有一个传说,据说它是该亚法(当年主审耶稣的大祭司)的住所,犹大曾在那里密谋出卖耶稣。

52

耶路撒冷是一座晃动着我的摇篮城。
当我在正午时分醒来,总会有事发生在我的身上,
对有的人来说,就像最后一次从他心爱之人屋子的
楼梯上走下,而双眼依然紧闭。
然而,我的日子迫使我睁大眼睛
记住每一个擦肩而过的人:或许
他会爱我,或许他会埋下一个炸弹
裹以漂亮的包装,像一件爱的礼物。我目睹
石头房子的裂痕,电流
通过的孔洞,水渗出的缝隙,
电话线赤裸裸的联结和叹息的嘴。

我是耶路撒冷人。游泳池和它们的声响
不是我精神生活的一部分。尘土是我的意识,
石头是我的潜意识,
我全部的记忆是夏日午后紧锁的庭院。

62

离开一个你毫无眷恋的地方
包括所有那些还没来得及成真的痛苦
连同你抽身而退后或许会发生的诸般渴望。

在我动身前的最后一个晚上,我目睹
街对面阳台的地板上
一片小而精确的正方形的光,
见证了无有局限的
伟大情感。

当我在灰蒙蒙的清晨早早
赶往火车站时
许多人从我身旁擦肩而过
带着一长串我永无从得悉的
陌生的名字,
邮差、税务员、政府职员
诸如此类。或许还有天使。

63

一个人背井离乡既久,
他的语言就变得日益精确
越来越摒弃杂质。
就像夏天丝丝分明的云朵
飘荡在它们从不滴雨的
蓝色背景上。

就这样,所有一度相爱的人们
仍然在说着爱的言语,乏味
而清晰,永不变色,也得不到
任何回应。

但我,留在此地,弄脏了我的嘴巴,
双唇,还有舌头。
我的话语中,有灵魂的垃圾,
欲望的弃物,灰尘和汗水。
在这片爱的尖叫和记忆之间
干涸的土地上,就连我喝的水,
也是尿液经由复杂的环路,
回收后又流到我的体内。

68

雨中,你如此渺小。雨点儿
的小靶子,夏日微尘的小靶子,
也是炸弹碎片的小靶子。你肚腹松弛,
不似一面鼓上紧绷的平展的皮:无精打采的
第三代。你的祖父,拓荒者,
排干了沼泽。而今沼泽已开始报复。
摧毁人们的疯狂占据了你,
它在一团斑斓的愤怒中沸腾。

而今你将何去何从?你会像集邮般
收藏爱情。你碰到过和你一样的登徒子,但没人
愿同你交易。你收藏的爱人都已破损。
母亲的诅咒在你身旁孵蛋,像一只怪鸟。
你如同那诅咒。

你的房间空空如也。每一夜,你的床
都会被重新整理。那是对一张床
真正的诅咒:无人在上面休憩,
没有一道皱褶,没有一处污渍,像被诅咒的
夏日苍穹。

71

"他留下了两个儿子",这就是
人们对某个死去之人的
评价。有时他还活着。

伟大之爱的回声就像
耶路撒冷一座标着拆迁字样
空荡荡的房子里
一阵震耳欲聋的狗吠的回声。

72

我从前的学生在交警部门工作。
她站在市中心的一处十字路口：
她像打开化妆匣一样打开一个小柜子，
根据自己的心情切换信号灯的颜色。
她的瞳孔，混合着绿色、红色和黄色，
头发超短，像一个粗野的男孩子。
脚上是黑色的高跟鞋，她倚在
匣子上。她的裙子又短又紧
我甚至不敢想象
所有金子般的棕色尽头那令人惊叹的光芒。

我无从得知。我全然迷失。
当我穿梭在街头，数不清的年轻的男男
女女向我掷来，年年如此
一波接着一波，无穷无尽。
而我的学生，这位女警察，却无法阻止他们。
她甚至加入到他们当中！

75

黎明时分,鸟儿鸣啭
嗓门大极了
预示着干热风袭来的一天。

正午,百叶窗落下,
以抵御灼热的阳光。
而后,我的灵魂和我做起爱来
从身后,沿着我的脊背
我没法回头
工作,因为这全然的快乐。

向晚时分,所谓的"现状"
从人们当中直起身来,
悬挂在那儿,完整无缺,像一面高高的天幕,
而世上,所有
水的数量都变成了
眼中
一滴泪的质量。

77

我的上帝,你给我的灵魂
是烟
来自爱的记忆的永恒之火。
一出生,我们就开始燃烧,
直到烟也如烟般飘散。

79

现在救生员全都回家了。海湾
已关闭,而夕阳的余晖
映在一块碎玻璃上,
就像濒死者散碎的眼神里自己的一生。

一块被海水舔干净的木板免于
成为家具的命运。
沙滩上的半只苹果和半个脚印
正一起努力成为某种全新的东西,
一只盒子正在变黑
就像一个人熟睡或死去。
甚至上帝在此停留也不会离真理
更近。只发生一次的错误
和唯一正确的行为
双双给人带来内心的安宁。
天平秤盘翻转了:现在善与恶
慢慢涌出,汇入一个安详的世界。

在最后的夜晚,靠近石潭的地方,几个年轻人
仍在感受着温暖,以
那种我也曾在此体验过的情感。

一块绿色的石子在水里
似乎是和一条死鱼在涟漪中起舞,
一张女孩子的脸从潜水的地方冒出来,
她湿湿的睫毛
就像夜晚复活的太阳发出的光芒。

第八辑

伟大的安详：纷纭的问与答
(1980)

门已关闭

那些本应永久敞开的门
已关闭。而那些我可以打开的门
则守卫着空旷的地盘
犹如古代被劫掠的墓地。
我想到了某些人的爱
那些忘记摘下节日装饰的人:
他们还留下些什么?
还有和你的告别。昔日,那个
我们为了分开而早早起床的时辰
仍然在我的内心定得好好的,像一只闹钟
不再需要唤醒谁,而只是
发出一阵干巴巴的咔嗒咔嗒的声音。

一位阿拉伯牧羊人正在锡安山上寻找他的山羊

一位阿拉伯牧羊人正在锡安山上寻找他的山羊,

而在对面的山上,我正寻找

我的小儿子。

一位阿拉伯牧羊人和一位犹太父亲

双双陷入暂时的溃败。

我们之间隔着山谷,而我们的声音

在谷中的苏丹池[1]上方相遇。我们都不希望

孩子或山羊被卷入可怕的

哈德·加德雅[2]机器的车轮中。

---

[1] 苏丹池(the Sultan's Pool),耶路撒冷锡安山西侧的一个古老的水池。从第二圣殿晚期到奥斯曼帝国晚期,苏丹池一直是耶路撒冷供水网络的一部分。今天,它则是音乐会和节日的活动场地。

[2] 哈德·加德雅(Chad Gadya 或 Had Gadya),在阿拉米语和希伯来语中的意思是"一只小山羊",这首歌是犹太人在逾越节家宴结束时唱颂的最后一首歌曲,标志着犹太人逾越节的开始,歌曲的大意是讲父亲用两块钱(two zuzim)买下一只小山羊的故事。歌曲的旋律可能源于中世纪的德国民间音乐,它首次出现在 1590 年布拉格印刷的《哈加达》(*Haggadah*)中。与任何诗词作品一样,哈德·加德雅也可以进行多种解释。根据一些现代犹太评论家的说法,这首看似轻松的歌曲可能具有象征意义。一种解释是,这首歌关乎征服以色列土地上的不同国家:小山羊象征着犹太民族;猫象征着亚述;狗象征着巴比伦;棍子象征着波斯;火象征着马其顿;水象征着罗马帝国;牛象征着萨拉森人;屠杀者象征着十字军;死亡天使则象征着土耳其人。歌曲的最后,上帝现身将犹太人送回以色列。而歌曲中反复出现的"两块钱"则是指西奈山上上帝赐给摩西的两块石板(一说指摩西和亚伦)。这种解释现如今已相当流行,但歌曲中具体哪个形象代表哪个压迫者,则说法不一。

之后,我们在灌木丛中找到了他们
我们的声音又回到了我们的体内,又是笑,又是哭。

寻找山羊或儿子
一直以来都是这群山中
某种新宗教的开端。

躺着等候幸福

下端通向西墙的宽阔的台阶上
一位美丽的女子上前对我说：你不记得我了？
我的希伯来语名字叫苏珊娜。在其他语言里有别的名字。
万名。虚空。

就这样，黄昏时分，她站在被毁灭者
和被建造者之间，光明与黑暗之间说话。
黑色的鸟和白色的鸟互换栖息地
伴随着呼吸的宏大节奏。
游客的相机闪光灯也照亮我的记忆：
你在这里干什么？在应许和遗忘之间，
在希冀和想象之间？
你在这里干什么？躺着等候幸福？
连同你可爱的面孔——一则上帝的旅游广告[1]
而你的灵魂像我的一样，是租来的、已被撕裂。

她回答道：像你的一样，我的灵魂也是租来的、已被撕裂
但它依然美丽，因为那样子
就像精美的花边。

---

[1] 按照《旧约·创世记》1:26 的记载，人是照着上帝的形象被造的，因有此说。

永恒之谜

桨的永恒之谜
在于船前行时,它会反击,
同样,行动和言语会反击过去
好让身体和里面的人一道前行。

有一次,我坐在街边的理发椅上
硕大的镜子里,我看到人们向我走来
突然间,他们被硕大的镜子
之外的深渊切除和吞没。

还有落日入海的永恒之谜:
甚至一位物理学教授也说起过:
瞧,太阳正落入大海,红彤彤的,煞是可爱。

或者类似这样的短语,也有奥秘:
"我都可以当你父亲了。"
"一年前的今天我在做什么?"
以及其他诸如此类的话。

异国他乡的雨

异国他乡的雨和两个人共赴的
旅程,他们唯有
对一段雨中旅途的回忆。
你,也来自另一个夏日,
你,也是土地的赤裸,
发际的干草,
粘在滚烫大腿上的汁液,
眉间沉默的香膏
以及眼窝里干渴
泥土的气息。

大悲之所,
你也头枕斜肩,
陷入梦境,漫无目的的梦。

但如今,雨落在异国他乡
一场两个人的旅程
将只有
对一段雨中旅程的回忆。

空姐

空姐说,请掐灭所有的烟具,
但她没有说明是香烟、雪茄还是烟斗。
我心里对她说:你有美丽的爱情材料,
我也未曾说个端详。

她告诉我,系紧安全带,
坐在座位上,而我说:
我希望生命中所有的卡扣都有着你嘴巴的形状。

她说:您现在喝咖啡还是过一会儿,
还是不要?然后她经过我的身旁
高耸入云。

她手臂上高高在上的小疤痕
表明她永远不会得天花
她的眼睛透露出她再也不会坠入爱河:
她属于那些一生中只经历一次伟大爱情的
保守党。

我不知道历史是否会重演

我不知道历史是否会重演
但我知道,你不会。

我记得,这座城市被一分为二
不仅在犹太人和阿拉伯人之间,
也在你我之间,
那时,我们一起住在这座城市。

我们为自己构筑了抵御危险的子宫
我们为自己搭建阻隔战争的房子
像极北之地的人们
为自己构筑安全温暖的家
好阻隔冰雪。

全市已和解
而我们还未曾团聚。

时至今日我知道,
历史不会重演,
正如我一直都知道的,你不会。

孩子也会是别的什么

孩子也会是别的什么。下午
醒来,立刻就嘴巴不停,
立刻就吵作一片,立刻就兴奋,
倏忽是光明,倏忽是黑夜。

孩子就是约伯。他们已将赌注压在了他的身上
而他一无所知。因为好玩
而抓挠着身体。但不曾留下什么伤痕。
他们正在把他培养成一个有教养的约伯,
逢主施舍就说:"谢谢",
逢主索取就说:"不客气"。

孩子就是复仇。
孩子就是一枚射向下一代的导弹。
我发射了他:仍感到周身震颤。

孩子也会是别的什么:在一个春雨霏霏的日子
透过篱墙瞥见伊甸园,
在他的睡梦里吻他,
听见湿润松针上的脚步声。
一个孩子把你从死亡中解救出来。
孩子,花园,雨,命运。

暗处的人总是看得清

暗处的人总是看得清
亮处的人。这是一则古老的真理，自从创造了
太阳和黑夜、人们、黑暗以及电灯。
一则被战士们用于
轻松伏击的真理，一则让可怜的人看到
快乐，让孤独者看到房间里
一对情侣容光焕发眉飞色舞的真理。

然而，真实的生活却在黑暗与光明之间继续：
"门我已经上锁了"，你说，
一句举足轻重、性命攸关的话。这些话依然停留在我的
　记忆中，
不过我已忘记，话是在门的哪一边说起的，
里面还是外面，

而从我给你写的那封信中
我只记得，舌头上
邮票上那种苦涩胶水的味道。

如他们昔日所言,历史之翼的沙沙声

令人心痛的邮局之畔,距离铁轨不远的地方
一座老房子上的陶瓷牌匾闯入我的眼帘,我知道
这是某人之子的名姓,多年前,我领走了他的
女儿:她离开他,来到我的身边
这个年轻人是另一个女人生的,
他对此一无所知。

那是伟大的爱情和命运天翻地覆的日子。
殖民当局对城市实行宵禁,把我们限制在房间里
只准如胶似漆地爱恋。
门口由全副武装的士兵把守。

我付了五先令,把流散地我祖辈的
名字改成引以为傲的希伯来名字,好与她的名字匹配。

那婊子逃到了美国,嫁作他人妇,
一个香料经纪人,胡椒、肉桂和豆蔻,
把我的新名字和战争留给了我。

如他们昔日所言,"历史之翼的沙沙声",
几乎让我血溅沙场的沙沙声,

轻轻地拂过她的面颊。

他们用可怕的战争智慧告诉我，要我
把急救绷带缠在心上
缠在那颗仍然爱着她的愚蠢的心上
缠在那颗健忘的聪明的心上。

老城的一家咖啡馆

我已经在我的城市生活了很多年
而寻找我的声音正日益寥落,
好比:"到我这儿来吧""别那么说""坐下来喘口气"。
而那些我只是被囊括其中、匿名的声音却越来越多:
钟声、汽笛声和电台广播声。
所以我可以神不知鬼不觉地悄悄溜走,
坐在一家咖啡馆里,里面有闪闪发光的运气游戏
置身于兴奋的年轻人当中,和犹太人、阿拉伯人一起,
还有街头的孩子和苍白的神学院学生,
他们游戏的铃声和运气的咔嚓声
也是上帝的意志和他的游戏。

而涂有绿色油性漆的拜占庭柱子
就矗立在那里,撑起拱形的天花板。
我没有这样的义务。
我没有这种耳熟能详的风格,
因此,我站起来,转身离去。

和我一道儿走最后的路

和我一道儿走最后的路
我最后的路也许还要再走二十年
抑或三十年,对你来说,却是最初的路。

你很年轻,而我却要比你老得多,
你初出茅庐,而我却是行将就木之人。

他们费了多大的劲儿想把我们分开:你的父亲
正午光临,而我的母亲则在夜梦中现身。
甚至就连风也想把我们撕成碎片,
橄榄树,和平之树,
用坚硬的枝条抽打我们的岁月。

我们交换了位置,睡在户外,没有围墙,
这样他们就无法在墙上
为我们留下文字。

你说:我们的骄傲,就是有时候
我们能做我们真正想做的事。

我说:我们是对《圣经》上的这句话"行当行之事"的

新解，意思就是全然正确和最便捷之事。

所以，请和我一道。

这样的女人

这样的女人,可爱得就像某位现代建筑师的
梦想计划一样,优雅,胜似为天使定制的
时尚杂志的剪报。

但女人健忘,女人会丢东西!
而所有她忘记和失去的东西
都是她生活的手稿
我仍须学着阅读这些手稿:
而就在我终于能够读懂它
并抬起头时,
她已不知所终。

我梦到一个梦

我梦到一个梦：梦中，七个丰腴
光鲜的少女来到草地上
而我就在草地上和她们做爱。
七个骨瘦如柴，被风吹得枯萎的少女尾随而来，
用她们饥饿的大腿吞掉了丰腴的少女，
但她们的肚腹依然平平如也。
我也和她们做爱，而她们也连我一并吞下。

但为我解梦的她，
我真正爱过的人，
既丰腴又瘦削，
既是吞噬者又是被吞噬者。

而在她之后的日子，我知道
我再也不会回到那个地方了。

在她之后的春天，他们变换了田野里的花朵
和电话簿上所有的人名。

在她之后的年份里，战争爆发了，
我知道我再也不会做梦了。

更衣室谣曲

一个男性,一个女性,他们可爱极了,
你可以把她的头和他的头
分别画在海边更衣室标有"女"字的门上
和标有"男"字的门上。

光线在日复一日的痛苦中孕育了他们,
而他们总是湿漉漉的,沐浴着光芒,毫无痛苦,
氧气和氮气在他们的呼吸中一道醉生梦死,
他们活像用于展示创世的一面橱窗。

她拉着他,他拉着她,
大地以其法则双双拉住他们,
于是,他们就在三重的拉扯中连为一体,
如果他们分开,所有的规则都会被打破。

他对她说:女人就是男人的灵魂,
她对他说:男人永远是女人的灵魂。
因此,我们永远也不会分开。

在岸上如此可爱地待在一起的他们
从岸的尽头回到岸上,又从岸上走到岸的尽头,

她从标有"女"字的门进去,再也没有人看见她。
他从标有"男"字的门进去,再也没有人看见他。

现在,唯有沙子、百合花和一棵低矮的柽柳树
还有海藻、蜗牛和橘子皮的气味
而两扇紧闭的门,再也不会打开,
一扇门上是她的头像,另一扇门上则是他的。

耶路撒冷满是用旧的犹太人

耶路撒冷满是用旧的犹太人,因历史而疲惫不堪,
犹太人,二手,有轻微破损,议价出售。
并且世世代代眼望锡安。所有生者和死者
的眼睛全都像鸡蛋一样被磕破在
这只碗的边缘,使这个城市
变得富有而肥腻,面团一般发作起来。

耶路撒冷满是疲倦的犹太人,
总是周而复始地被赶去度假,去过纪念日,
像是马戏团里忍着腿痛表演舞蹈的熊。

耶路撒冷会需要什么呢?它不需要一位市长,
它需要一位马戏团的驯兽师,手持长鞭,
能够驯服预言,训练先知急速奔跑
在一个圈子里绕啊绕,教会全城的石头排成队
以一种大胆、冒险的形式结束最后的宏伟乐章。

稍后他们会跳回原地
迎着掌声和战争的吵嚷。

然后眼望锡安,哭泣。

爱与痛苦之歌

两厢厮守时
我们就像一把称手的剪刀。

待我们一拍两散,重又
化作两把利刃
扎进世界的肉里
各就各位。

年轻的女孩清晨出门,赳赳如武士

年轻的女孩清晨出门,
扎着马尾辫,步态摇曳,犹如纵马而行。

裙子和手袋,太阳镜、腰链和皮带扣。
盔甲一般披挂在身。
一众家什下面,
是她轻盈苗条的身材。

有时,她夜里赤身裸体,独自一人。
有时,赤身裸体,却并不孤单。

你可以听到赤脚跑开的
声音:那是死亡。

之后,是一声接吻
就像一只飞蛾困在双层
玻璃间,扑打翅翼。

眼睛

我大儿子的眼睛像黑色的无花果
因为他出生在夏末。

我小儿子的眼睛清澈得
像橘瓣，因为他出生在橘子成熟的季节。

我小女儿的眼睛圆溜溜的，
像初生的葡萄。

我的忧虑中，一切都是甜蜜的。

主的眼睛在大地上闲庭信步
我的眼睛终日萦绕着我的家。

神就在眼睛和果实的营生里，
我则在忧虑的营生里。

心安理得,心灵和安宁

"心安理得,"我的父母曾经说起,

"一个人需要心安理得。"

就像富有的阿拉伯人一样,他们在杰里科[1]过冬,

在拉姆安拉[2]避暑,从而忘记了中间的沙漠。

他们也是中间的遗忘者。或者,当你把

一个熟睡的孩子从他睡着的地方抱到床上

而不弄醒他。或者像一个放置炸弹的人,

他走得那么远,以至于听不到自己行动的回声。

一个女人曾对我说:在历史之外,

我活得心安理得。而我对她说:喇合[3]也是这么说的,

"我住在城墙之上",看看她是如何

---

1 杰里科(Jericho),一译耶利哥,巴勒斯坦一城镇,位于死海以北西岸地区。根据《圣经》的记载,耶利哥是以色列人经由约旦进入应许之地后所摧毁的迦南的一座城池,其城墙被军队的呐喊声和号角声夷为平地。1967年"六日战争"时被以色列占领,1994年,耶利哥按照巴以和平条约成为首批获得部分自治的地区。
2 拉姆安拉(Ramallah),由意为"高地或山"的阿米语"Ram",和意为"上帝"的阿拉伯语"Allah"构成,合在一起的意思是"上帝的高度"。位于耶路撒冷北部的约旦河西岸中部的一座巴勒斯坦城市,毗邻比雷赫(al-Bireh)。
3 喇合(Raḥab,字面意思为"宽""大"),女性名。根据《旧约·约书亚记》,喇合是一个住在应许之地耶利哥的外邦女子,在以色列人攻城之前,她藏匿了两个被派去侦察的人,从而协助他们攻下了这座城市。在《圣经·新约》中,她被誉为凭信心生活的圣徒的典范,并因她的行为而被视为"公义"。

进入历史却未曾抽身而出。

心安理得,心灵和安宁。我想要
仅此一次进入这个
每天向晚,从我工作的地方都能看到的房间。
百叶窗总是垂着,有时里面有光。

我已经活得够久了,希冀的
不过如此,而非天国。

清晨仍是夜间

清晨仍是夜间,灯火依然,
当我们从幸福中站起就像有人
由死复生,
像他们一样,我们每个人瞬间都想起了
前世的生活。那便是我们分离的原因。

你身穿条纹绸的旧上衣、
紧身裙,一位殷殷告别的老派女招待,
而我们的嗓音早已像扬声器,
报告着时间和地点

你从老妇人脸颊一般柔软的皮包
掏出唇膏、护照、一封信,锋利如刀
把它们放在桌上
又把它们放回原处

我说过,我会往后退一点,就像在一场展览中
为了让自己看清整幅画面。而且
我还在一直往后退。

时间轻如泡沫
重重的沉淀物永远滞留在我们体内。

耶路撒冷生态学

耶路撒冷上空的空气浸透了祈祷和梦想
就像工业城市上方的空气。
使人艰于呼吸。

一船历史的新货会不时靠岸
房屋和城镇就是它的包装材料。
而后,它们会被丢弃,在垃圾场堆积如山。

有时,烛光代替世人前来,
而后一片寂静。
有时,世人会代替烛光前来,
而后噪音四起。

与世隔绝的花园里,散发着浓郁的茉莉花香
一座座外国领事馆,
就像被抛弃的不正经的新娘们,
躺卧着静候她们的时刻。

游客

1

吊唁式参观是他们此行的目的,
闲坐在大屠杀纪念馆,冲着哭墙,
沉下坟墓般的面孔
并在下榻的酒店沉甸甸的窗帘后欢笑。

在拉结墓[1]、赫茨尔墓[2]和弹药山[3],
他们纷纷和我们举足轻重的死者合影留念。
他们为我们英勇无畏的男孩子哭泣落泪
对我们豪放的女孩子充满非分之想
在凉爽的蓝色浴室,
他们把自己的内裤挂起来
好干得快些。

---

[1] 拉结(Rachel),《圣经》人名,为亚伯拉罕之孙、以撒之子雅各的妻子。
[2] 赫茨尔(Theodor Herzl, 1860—1904),现代犹太复国主义之父。其墓位于赫茨尔山之颠。
[3] 1967年"六日战争"中最为惨烈的一次战役发生于此。

我们长途跋涉去睡觉

我们长途跋涉去睡觉
好让你知道，好让我知道，好让我们知道。
心爱的土地啊，我们在晚上动身。
一场学校组织的郊游想要抵达它的休息点，
沿途欢迎的房屋都已关门大吉，
田野里的火光是某个新宗教的开始。
在我们身边坐着那个保持沉默的谨慎的人。
泪水顺着脸颊滚落
如同空房子里响起的电话铃声。

我们彼此靠得很近，就像
两门相似的语言，希伯来语和阿拉伯语，
英语和德语。

这对我们彼此相处是件好事。但你的心
和你的头脑却在不同的学校求学。

我们的相遇是某种殷红的极乐世界的幻觉，
就像傍晚时分落日和大海的相遇。

热爱土地

这片土地被划分为回忆区和盼望区,
它的人民全然混在一起,
就像那些从婚礼和葬礼上回来的人们。

这片土地没有被划分为交战区与和平区。
而挖战壕抵御炮火的人
就会回来和他的姑娘躺在里面,
如果他能在和平中幸存下来。

这片土地是可爱的。
就连周遭的敌人也用武器为它增色
武器在阳光下闪闪发光
就像脖颈上的项链。

这片土地是一个包裹:
被捆扎得齐齐整整,一切尽在其中,它被捆得太紧,
绳子有时会伤到它。

这片土地小极了,
小到我可以把它放在我的身体里。
地面的侵蚀也会侵蚀着我的休息,

基尼烈湖[1]的水位一直浮现在我的脑海中。
就这样,当我闭上眼睛,
我可以感觉到整片土地:大海-峡谷-山脉。
因此,我可以瞬间想起那里发生的
一切,就像一个人在死亡的那一刻
想起了他的整整一生。

---

1 基尼烈湖(Kinneret),即加利利海的英文名称。

从你的偏见径直来到我的身边

从你的偏见径直来到我的身边，
你几乎不曾设法穿戴整齐。

我要用我受割礼的身体让你犹太化
我要把你从头到脚捆个停当，放在经匣里。

我想用黄金和天鹅绒打扮你，
像装饰《妥拉》经卷，还要为你的脖颈戴上大卫星。

并亲吻你的大腿。
就像（亲吻）门旁的门柱圣卷[1]。

我会教你古老的习俗，
以爱洗脚：

哦，为我清洗我的记忆，
因为我在记忆中跋涉得太久，我已疲惫不堪。

我的双目早已对母语的方块字心生厌倦，

---

1 门柱圣卷（mezuzah），小羊皮经卷，上书《圣经》段落，被犹太家庭固定在房间的门柱上。

我想要流动的字母,一如你的身体。

我不想被当成一名愤怒的先知,
也不想被当成一名抚慰的先知。

我差一点儿就
成功了。

但当你哭泣之时,泪水就像雪和圣诞装饰品
在你的眼睛里婆娑。

诗永无终结

在这座崭新的博物馆里
有一所陈旧的犹太会堂。
在这所犹太会堂里
有我。
在我的身体里
有我的心。
在我的心里
有一座博物馆。
在它里面
有我。
在我的身体里
有我的心。
我的心里
有一座博物馆。

犹地亚山区的夏末

犹地亚山区的夏末。大地横陈
一如去年雨水的遗留。山坡上的射击场
现如今一片寂静,千疮百孔的靶子还留在那里
像人一样。一个老人张大嘴巴,为土地和肉体的
流失大声呼喊,小孙子把圆圆的脑袋
放在他的膝盖上,一脸懵懂。

再往前走,美女们坐在石头上
威严一如要保护夏天,管理夏日
遗产的律师。

再往前,黑暗的山洞里,矗立着一棵无花果树,
那是一座大妓院,成熟的无花果
与大黄蜂在此交媾
从而双双被劈死。

笑声没有爆发,哭泣不曾干涸,
万物陷入一阵巨大的宁静。

而伟大的爱有时就肇端于此,
伴随着死寂的森林中枯枝断裂的声音。

伟大的安详：纷纭的问与答

在明亮得近乎不适的礼堂，人们
谈论着当代人
生活中的宗教
谈论着上帝在其中的位置。

人们用兴奋的语调诉说着
跟他们在机场时没什么两样。
我从他们身旁离开：
推开"紧急出口"处的铁门
进入
一种伟大的安详：纷纭的问与答。

第九辑

恩典时刻
(1983)

在别的星球上，你或许是对的

"在别的星球上，你或许是对的，
但不是在这儿。"话讲到一半，你突然陷入
无声的哭泣，就像有人信写到一半，钢笔没了墨水，
于是，便从蓝墨水换成了黑墨水，
又像是旅途中人们常常变换马匹一般。
谈话越来越枯燥，而泪水
却是新鲜的。

夏天的种子飞进我们
安坐的房间。窗前，
一棵杏树越发变得黝黑：
在甜味对抗苦味的永恒战斗中
又多了一名战士。

瞧，正如时间不在时钟里，
爱也不在肉体里：
肉体只是吐露爱情。

但我们会记住这个夜晚
就像从一个夏天到下一个夏天，
游泳的人会记得泳姿一样。"在别的星球上，
你没准儿是对的，但不是在这儿。"

橘园的芬芳

橘园的芬芳萦绕在
已取代橘园的屋舍间。
就像一位被截肢者触摸着他被截肢的腿,
疼痛挥之不去,淡淡的刺痛感仍徘徊
在那空荡荡的所在。
而橘园的芬芳和人们的精神
曾是同一个整体,
话语和洒水装置是同一种表达
黑夜和白天是真相的日日夜夜
每栋房子的屋顶都是一个实实在在的遮挡
以抵御炎炎夏日和冬季的凄雨,
一个个灵魂仍在街上漫步,
而天空是一对情侣,一男一女,
永不分离。

现如今,一切已今非昔比。
"永远"和"无时无刻"之类的词
渐渐从恋人们的口中消失,
而你还可以在国家元首和将军们的
言辞中听得到它们。
但在最新的结论之外

仍有另一片土地，
丧失记忆的田野，无人的风景。

哦，希望的遗传学，
仁慈的天父，众生之母：
这些话语挥之不去，
将会在别的日子再接再厉。

每个人的生命中都需要一座被遗弃的花园

每个人的生命中都需要一座被遗弃的花园，
或一栋墙皮剥落的老房子，
每个人都需要另一个被遗忘的世界。

人们怀着极大的憧憬
打量风景，并用身体的各个部位为之命名：
山脊，山脚，山肩。
打仗的人也不例外，他们用委婉的词汇
引导猛烈的炮火锁定目标：
乳头、窟窿、裤裆、交汇处。

因为每个人的生命中都需要一座被遗弃的花园
（亚当和夏娃晓得每个人都需要一座这样的花园）
或一栋老房子，
或者，至少有一扇上锁的门
永不开启。

真正的英雄

《以撒的捆绑》中真正的英雄是公羊[1]，
他对他人的共谋一无所知。
他是心甘情愿代替以撒去受死。
我想要为他唱一曲纪念之歌——
为他的卷曲的羊毛和他的人类之眼，
为他活生生的头上如许沉默的羊角，
以及当他被宰杀时，他们是如何将一对羊角做成了羊角号
以吹响战斗的呐喊
或将他们下流的快乐吹得嘹亮刺耳。

我想留下最后一帧镜头
犹如登在某个优雅的时尚杂志上的照片：
皮肤棕褐，养尊处优的年轻人，身穿花哨的套装，
近旁是天使，身着出席正式招待会的盛装，

---

[1] 这首诗的创作以《圣经·创世记》中所记载的"以撒献祭"的故事为原型。按照《创世记》22章1—19节的记载，上帝为了考验亚伯拉罕信仰的忠贞，命令他到摩利亚地的一座山上将他的独生子以撒（Isaac）献作燔祭。亚伯拉罕遵从了上帝的命令，将以撒带上了山，捆绑好以撒，做好了献祭的准备，就在亚伯拉罕举刀杀死以撒的关键时刻，上帝派去的天使阻止了亚伯拉罕的举动。恰在这时，亚伯拉罕看见附近有一只公羊，双角扣在灌木丛中，于是便取来这只公羊，代替以撒献祭给了上帝。在本诗中，诗人是站在惯常被忽略的代替以撒被献祭的公羊的角度进行叙述，其内在逻辑也迎合着犹太教中古已有之的"替罪羊"的概念以及犹太人在漫长的大流散历史中一而再、再而三地被客居地视为"替罪羊"这一惨遭迫害的经历。

一袭丝绸质地的长袍,
双双眼神空洞,向着
两处空地眺望,

在他们身后,那只公羊,犹如一道彩色的背景,
身陷屠宰前的灌木丛中,
灌木丛是他最后的朋友。

天使回家了。
以撒回家了。
亚伯拉罕和上帝早已没了踪影。

但是,《以撒的捆绑》中真正的英雄
是那只公羊。

同样的刺绣,同样的图案

我曾看到一个头戴无檐便帽的男子,上面绣着
一名女子内裤上的图案
那个女人,
多年以前我爱过。

他搞不懂我为什么看他,
也搞不懂为何当他经过时,我会回头张望,
他耸耸肩,走开了。

我喃喃自语:同样的
颜色,同样的刺绣,同样的图案。
同样的刺绣,同样的图案。

酒店里

黄昏尚未结束。宽大的窗户前
点着灯笼,好去标记
日与夜的边界。酒店大堂
花盆里矮小的柠檬树。
(在我的土地上,它们高大,果实累累。)

电梯把你从我身边带走,
搭你上升的神圣之室
被照亮
取而代之的电梯下坠的内脏,
沉甸甸的重量和链条
冲我滴着黑色的油和黏稠的
沥青。

花草茶

她给他斟上一杯花草茶,好让他平静
下来。她告诉他说:"要知道,你想要的
东西,是被驯服了几千年的
欲望,就像狼和狗一样。
今晚,你会和几千年前一样。"

她牵着他那声嘶力竭的阳具
来到一间白色的卧室,好在上帝的
眼中和人类的眼中蒙恩。

"什么能成为翅膀,你会
大吃一惊,你会大吃一惊的;甚至
粗壮的大腿,甚至回忆。"

她脱下了长裙,
她身体的外在灵魂。
内在的灵魂,她自个儿留着。

有时,人人都需要一面镜子

我曾经买过一面镜子,当时,我的世界化作一片废墟,
而今,镜子破碎,我的世界却已完好如初。
而碎片已被丢进垃圾桶里。

今年春天,为修路之故而开凿的山坡上
长出了第一茬青草。
因此,话语与毁灭一道涌现。
"草下面是什么东西?"
最后一个人问完就将陷入沉默。

过去的也是将来的。
预言,也是考古学。
在文字和时间的尽头
矗立着一片碎玻璃。

那是恩典之日

"那是恩典之日",在寒冷的大街上,
在孤独和悲伤的日子里,我一度听人说起。
对于恩典之日,人们至少需要两个人,
赐予恩典之人和接受恩典之人。
当他们分道扬镳,恩典便不复存留
或者,涌入街道,就像是水管破裂。

宗教并不提供恩典,在祈祷者悔罪的日子
它们只召唤空荡荡的时间,伴着钟声,
穆安津[1]的呼喊,伴着汽笛、羊角号,
还有敲门声;它们无法唤回
上帝,也唤不回他的恩典。

从献祭结束的那天起,
每个人只剩下自己
用来献祭。

---
1 穆安津(Muezzin),伊斯兰教中的宣礼师,即在清真寺召集信徒祈祷的专职人员。

尽量记住某些细节

尽量记住某些细节。记住你所爱之人的衣着
这样,灾难发生的那一天,你就可以说:最后一次
他穿得如何如何,棕色夹克,白色的帽子。
尽量记住某些细节。因为他们没有面孔
他们的灵魂被藏匿,他们的哭泣
和他们的笑声并无分别,
他们的沉默和呐喊上升到同一个高度
他们的体温介乎华氏98度到104度之间,
除了这个逼仄的空间,他们断无生命。
他们没有偶像,没有肖像,没有记忆,
喜庆的日子里,他们有纸杯
和一次性纸盘。

尽量记住某些细节。因为满世界
都是从睡梦中撕裂的人,
却无人修补裂缝,
不像野兽,他们每个人都
活在自己孤独的隐匿之所,一道儿
死在战场上
医院里。
大地将他们统统吞噬,

不分好赖,就像可拉[1]的同党,

全都在反抗死亡,

他们的嘴大张着,直到最后一刻,

祝福和咒诅全都不外乎

号叫。尽量,尽量

记住某些细节。

---

[1] 可拉(Korah),《圣经》中的人物。按照《民数记》第16章的记载,可拉为利未的曾孙、哥辖的孙子、以斯哈的儿子,曾因在迦南地反对摩西,蔑视耶和华而遭到耶和华的惩罚,令他和他的家眷、同党等全都被突然裂开的大地吞噬,活活坠落阴间。

上帝，我的绝缘层没了
——给卢巴

上帝，我的绝缘层没了
衬垫被撕裂，填料磨损殆尽，
冷和热径直洞穿我，
原始的痛苦暴露无遗，
我听起来空空如也。

我已耗尽我最后的
是与否。
我的弹药消耗殆尽，
我不得不举手投降。

别跟我讲什么心理学！
要讲就讲讲地质学。

地层在我体内分崩离析，
天花板砸入我的爱中。

请给我化石——而非记忆！
上帝，我的绝缘层没了，
我的死亡已暴露在外。

人的一生

人的一生没有时间
花时间去干所有想干的事情。
没有足够的时令
为所有的目的找到当季的理由。《传道书》
对此大谬不然。

人需要爱的同时也需要恨,
用同一双眼睛微笑和哭泣,
用同一双手抛掷石块而后归拢它们,
在作战中做爱也在做爱中作战。

憎恨而后原谅,怀念而后忘却,
规整而后搅混,吞咽、消化
历史
年复一年的造就。

一个人没有时间
当他失去他就去寻找,当他找到
他就遗忘,当他遗忘他就去爱,当他爱恋
他就开始遗忘。

他的灵魂历尽沧桑,他的灵魂
极其专业,
可是他的肉体一如既往地
业余。它努力、它错失,
昏头昏脑,不解一事,
迷醉和盲目在它的快乐中
也在它的痛苦中。

人将死去,就像无花果在秋天凋零
枯萎,充满了自己,满缀甜果,
叶子在地上变得枯干,
空空的枝干指向那个地方
只有在那里,万物才各有其时。

孩子没了踪影

我的儿子,你再次让我担心。
你动不动就让我担心,
如此规律,按说我也该平静下来。

我记得有一次,那时你还小,
在一家规模宏伟的宾馆,我们一起目睹了一场火灾。
火焰、水和浓烟。
哭号、呐喊和疯狂闪烁的灯光,
所有这一切,令我对生命是什么
免于夸夸其谈。我们就那样一言不发地站着。

我问自己,我的父亲把他的恐惧藏在了什么地方?
或许在某个关得紧紧的储藏室里
或者,在别的什么孩子们够不到的地方,
也许在他的内心深处。

而现在,你同样开始让我担心。
我一直在找你,

这次是在上加利利[1]的迷雾中。

我是一个雾状的父亲。

而孩子没了踪影，因为，他已经长大成人。

---

[1] 上加利利（Upper Galilee），地缘政治术语，最初指今天的以色列北部和黎巴嫩南部山区，其边界是北部的利塔尼河，西部的地中海，南部的拜特哈克里姆山谷和下加利利，东部的约旦河与胡拉谷。在今天，这个词主要用来指隶属于以色列主权范围内的加利利北部地区。

渴慕的袭击

这世上,无论什么地方,一旦渴慕
袭来,都会像是一阵突如其来的热病。
哦,路过的火车车厢里的姑娘,灯火通明的
荒凉月台上的女性。

我认为像她这样的无名女子
就像是无名战士:比起
那些名流,他们拥有的鲜花和渴慕要多得多。
天堂的门总是飞快地
打开又合上
如同痉挛的眼皮。

有一次,我看到一位迷人的女子
从一栋领事馆大楼步入阳台。
她从镀金的杆子上取下国旗,
折好
而后走进去,把门关上。
毫无疑问,她脱得一丝不挂,身上盖着
异国的旗帜,幸福地躺在床上。
而我就在下面的大街上,脚指甲
因过度的渴慕而裂开口子

如同昔日的心碎。

哦,阳台上的女人,桥上的女人,
哦,电话亭里的姑娘
她们的眼睛是雨之眼
或泪之眼。

一位被打上死亡标记的男子

在双层墙环绕的花园里，一位被打上死亡标记的男子
将手放在我的肩上，以
被标记者的祝福祝福我。
他身后的草地上，是他遥不可及的孙子的玩具。
灯光照在上面，浓荫遮住花朵。
"请不要忘记我。"生命转瞬即逝。
有一次，我听到士兵们在一辆敞篷卡车上唱歌，
车子越过山丘。我看不到他们
但我听得到那歌声。生命也是如此
转瞬即逝。一个人需要侍者的记忆力。
"别忘了，记得哈！"

他领我来到花园的入口处
向我告别，而后回到那被打上标记的房子里。
沉重的大门饰有古老的雕刻
在我身后慢慢地合上，伴随着某种精巧设备的嗡嗡声，
并使我摇身一变，成为某个来自外太空的人。

我的野孩子们

我的野孩子们：早上
他们吃我的梦，晚上
他们狼吞虎咽我的记忆。
我是他们的食槽。
我的灵魂感受到
他们粗糙的舌头。
我没日没夜地听着他们
甜蜜而无知的啧啧的吞食声。

我的野孩子们，我的梭子鱼
吸食着我的疯狂，让我的尖叫无声无息。
我在他们身上埋头钻研。

我想用他们的眼睛
点亮我的眼睛
就像在夜晚黑漆漆的街道上
一个人冲我借火
好点燃他最后一根烟。

太阳客栈

山中的太阳客栈。我们在那儿待过
一两天。宽大的窗户旁,人们迎着黑暗
谈天说地,
高高的青草惹人哭泣
雾蒙蒙的山谷里,网球手们在默默地打球,
似乎并没有球在空中穿梭。
眼神忧郁的人来到声音清脆的人们面前
说道:你们住在我的房子里,从前是
我的房子。以前这里还长着一棵大树。你们怎么着它了?

太阳客栈。我们在那儿待过
两三天。
那些白色的房间里——一段记忆,希望,
黑夜,带给那些
一去不复返的人的永恒救赎
以及墙壁后面金子般的咯咯笑声。
一架架飞机掠过高空
在它们上面,一张星辰织就的迷彩网,
这样我们就不会看清没有上帝了。

但在下方,一张沉重的桌子旁边

阵阵烟雾和刺鼻的酒味中
一个身躯沉重的基督徒和一个身段轻盈的犹太人
为了一种新的宗教携手工作。

太阳客栈。"一阵细雨落下。"
这便是太阳客栈存留的全部。

奇迹

从远处看,一切都像是一个奇迹
但若是凑近看,即便奇迹也不过如此。
即使是在海水被劈开时横越红海的人,
所看到的也不过是
他前面的人大汗淋漓的背影
和晃动的大腿,
或者充其量不过是向一侧匆匆瞥了一眼
水墙内色彩斑斓的鱼,
就像是在玻璃幕墙后的水族馆里看到的那样。

真正的奇迹发生在阿尔伯克基[1]
一家餐馆的隔壁桌:
两名女士坐在那儿,其中一位身着
斜向拉链款的衣裳,总之很迷人,
另一位说:"我当时忍住了,
没有哭。"
而后在异国宾馆的
红色的走廊里,我看到
小男孩小女孩的臂弯里

---

[1] 阿尔伯克基(Albuquerque),美国新墨西哥州最大的城市。

抱着他们生育的娇小的婴儿，
他们抱着
可爱的洋娃娃。

眼睛处女

三年前才开始营造的花园里
有着古老的痛苦。音乐家们
端坐在石台上演奏。我认识那个吹小号的人,
正如我熟知古老的痛苦一样,
而对于那个牵着透明爱犬
身穿透明衣服的女人,我却一无所知。

她有着为画家而生的丰腴的大腿
为诗人而生的长发
为大胆的梦想家而生的额头
为疲惫的英雄而生的乳房。
但她的眼睛只为她自个儿保留:
她仍然是一个眼睛处女。

真是糟透了

这个小国家真是糟透了,
真是乱套了!"第一任丈夫的第二个儿子
第三次参战。首位上帝的
第二圣殿年年被毁。"
我的医生为鞋匠医治
肠道,鞋匠为我第四场官司的
辩护律师修鞋。
我的梳子里有不属于我的头发
我的手帕里有别人的汗水。
他人的记忆像狗一样
黏着我,受气味的驱使,
我不得不用责骂和棍棒
把它们赶走。

每个人都受到别人的感染,每个人
都在接触别人,留下
指纹。死亡天使
必得是一名职业侦探
好把他们辨个端详。

我曾经认识一名死在战场上的士兵,

三四个女人为他伤心哀悼：

他爱过我。我爱过他。

我是他的人。他是我的人。

索尔塔姆[1]造大炮，也造烹饪锅。

而我，什么也不造。

1　索尔塔姆，又称索尔塔姆系统公司（Soltam system），一家以色列国防承包商，位于以色列的约克尼穆（Yokneam）。自1952年以来，该公司一直在开发和制造先进的火炮系统、迫击炮、弹药和周边设备。索尔塔姆系统公司为全球60多个国家的武装和特种部队提供武器装备。该公司的主要客户包括以色列国防军、美国陆军和北约国家。

一名一丝不苟的女子

一名一丝不苟的女子,齐耳短发,为我的思绪和
梳妆台的抽屉带来了秩序,
转移情感,犹如搬动家具
好重新摆放。
女人的腰间系着带子,这样她就被牢牢地分成
上下两个部分,
她生着防碎玻璃的眼睛
好预测天气。
甚至她激情的呻吟也遵循着某种秩序,
一字排开:
先是驯良的家鸽,随后是野鸽子,
然后是孔雀,受伤的孔雀,孔雀,孔雀,
然后是野鸽子,驯良的家鸽,鸽子,鸽子
画眉,画眉,画眉。

一名一丝不苟的女子:卧室的地毯上,
她的鞋子总是背着床摆放。
(而我的鞋,则冲着床。)

在海洋博物馆

我曾目睹从海底打捞上来的
陶罐,表面粘满藤壶
由此想到,古代的水手们
为了这些罐子,远渡重洋,耗尽半生,
另外半生则是为了把它们带回这里,
他们的举动,实属迫不得已,而后沉没在岸边。

身旁,一位女士说道:"它们不是
很美吗?"她被自己的话和我吓了一跳。
然后一走了之,进入自己的生活。
她的生活,也是一半出门在外
一半打道回府。

哈马迪亚

哈马迪亚，快乐的记忆。四十年代
和打谷场上的爱情。时至今日
秕糠甚至还令我刺痒不已，尽管我的身体
反复清洗，我的衣服
换了一茬又一茬，而姑娘还是在
五十年代离去，在六十年代消失，在七十年代
彻底销声匿迹——时至今日
秕糠甚至还令我刺痒不已，
我的喉咙因不厌其烦的呐喊而嘶哑：
请你再次回到我的身边
回到我身边，回来吧，时光，回来吧，枇杷树！

爱情曾是这个一贫如洗的国家的原材料，现实生活和
梦想，共同造就了这里的气候。
这里，欢乐和悲伤依旧是
天气情况。
危险横冲直撞，像隐藏在果园里的水泵，而那声音
起先是求救
而后化作一首平静的歌

那时，我们还不懂，欢乐的碎片

和任何残骸的碎片并无两样：
你必须把它清理干净，才能重新开始。

我看见许许多多他人的面孔

孩子们问我：你梦到了什么？
就像小时候，父亲问我一样，
你梦到了什么？这就是我现在的处境。
我的满头白发是一个新的开始
或者是一面缓缓举起的投降的白旗。谈论
过去发生的一切，犹如白云飘逝，
而母亲生我时的巨大阵痛
已传递给我，每个日子都有一星半点的痛苦。
曾经地上的一切而今都在天上，曾经
天上的一切而今都在地上。曾经透明的
而今变得不透明，曾经不透明的而今变得透明：
当我眺望窗外
我只看得到外面的自己，
而当我照镜子的时候
我看见许许多多他人的面孔。

雨转瞬将至

清理排水沟里的夏日残留,
在屋顶铺上沥青,换掉一块破瓦,
行一个马马虎虎的军礼
向老工人致敬,
打破夏日最后的誓言
就像是咬碎葵花子和西瓜子一样,
看到上面写着
"数据处理公司"的牌子
开始放声大笑,
听到走过的脚步声
却看不见一张面孔,

像法官一样,为了区分
情感与法律的边界,费尽九牛二虎之力,
额头上渗出汗来,就像在任何艰苦的工作中一样。
夜里看星星,
那些想要砸向我的石头,却停住了,
以其全然的美丽凝固在高处
直至我行将就木的日子。

而后一遍又一遍地呼吸,

山丘的呼吸练习和我的呼吸练习，

雨转瞬将至。

第十辑

你从人而来，也将归于人
（1985）

躺在病床上的母亲

我的母亲躺在病床上,带着机场上
站在离别区和起飞区当中
那片美丽安静的区域
举手道别之人的轻盈和空虚。

我的母亲躺在病床上。
她生命中所有的过往都化作此时此刻
就像门前的空瓶子
将会用彩色标签再次显示
曾经装满它们的喜悦和悲伤。

她最后的遗言,"把花从房间里拿出去",
这是她在去世前七天说过的话,
而后她把自己封闭了七天,
就像是七日哀悼。

然而,就连她的死,也在她的病房里缔造了
温馨的家的气氛
连同她熟睡的脸,带着茶匙的茶杯,
还有毛巾、书和眼镜,
她的手放在毯子上,同样的
手摸过我的额头,在我小时候。

现在她在呼吸

现在她在平静地呼吸,我说。不,她的
内心在尖叫,因为剧烈的疼痛,医生说。
他征求我的同意
好摘她手指上的结婚戒指
因为手指肿得厉害。以痛苦的名义,
以一生中从未离开过她的我的父亲的名义,
我同意了。我们不停地转动戒指
就像是转动童话里的魔法戒指,但它
根本摘不下来,也没有
奇迹发生。医生请求剪掉
戒指,他小心翼翼地用镊子
温柔地夹断了戒指。

此刻她发出笑声,练习着彼岸的笑。
此刻她在哭泣,挣脱了
此岸的哭泣。

她护照上的照片是多年以前拍的。
自从她涉足以色列的土地,她就再也没有
出过国。死亡证明
无需照片。

现在,她沉下去了

现在,她沉入地下,
现在,她已抵达电话线、电缆、
饮用水管道和污水管道的高度,
现在她又沉入了更低的地方,
地下的地下,那里
是一切流动的原因所在,
现在她进入岩层和地下水层
其中包含着战争的动机,历史的原因
以及各国人民和尚未出生的人类
未来的命运。
我的母亲是救赎的宇宙飞船,
她把大地变成了
真正的天空。

我惹上了大麻烦

胡萝卜在地里快乐地生长，
肉铺里被宰掉的羊头，让我平静下来，
半甜的酒，
寻找它苦涩的另一半，
我惹上了麻烦。

卖笛子的小贩吹笛子，
卖鼓的敲鼓，
妓女露着大腿，
我惹上了大麻烦。

水果店的门上画着水果，
鱼餐馆的门上画着鱼，
战争的入口处画了一个年轻人，
我惹上了大麻烦。

我从一个丢东西的人
变成了一个迷失的人。
我厌倦了门，
我要窗户，只要窗户。
我想要穿在身上轻盈

宽松的衣服
就像挥舞着告别的手,没有痛苦。

过去的事将来对我有何影响
为此,我感到焦虑。
我童年的犹太会堂
而今只剩下
我透过它的窗户眺望过的那片天空
我惹上了大麻烦。

称之为未来的伟大表演

那些我再也见不到的人
和我坐在一起吃饭。

小男孩躺在他的床上做梦
他会成为深海潜水员或高空飞行员。

他们全都用同一把梳子梳头
全都朝着同一个方向梳。死人满嘴尘土,
高唱哈利路亚。
白日隐藏在恩典的一夜。

电台传出一位播报新闻的
女性甜美温柔的嗓音
事关战争中人们针对彼此的所作所为。

称之为未来的伟大表演
开始了。

我的小女孩窥视

我的小女孩窥视我的眼睛
就像窥视一间哀悼者暗沉沉的房间的窗户。
而屋内,她看到
新郎和新娘在为婚礼精心准备。

吃得饱饱的小女孩,
满满一碗幸福,满满一袋甜蜜。

你在一个熟睡的女孩身上倾注的巨大的爱,
并不会压垮她。相反:
她变得越来越轻。

小小的胎记
会在我死后多年提醒她
她的父亲耶胡达和母亲哈娜在一个美丽的
夏日生下了她。

哈达西姆的学年结束了

被赐予雨水的一年
会使芸芸植物在春天生长,
将积聚起炽热的火焰
在夏天把它们消耗殆尽。

被赐予孩子的一年
将使战争愈演愈烈
当这些孩子在这个
时代长大成人。

这里,在那些树梢黝黑
像誓言和承诺一样摇摆的树丛中,
生命的各个阶层随着乐曲的伴奏
而彼此分离。高大的窗户
亮起,像一本画册里的书页一样打开。
大铁门像一对翅膀
在沙沙声中打开、关闭。

永远铆接在地球上的翅膀
铆接在来来往往的孩子们的命运上,
飞机起飞的轰鸣声

预言了我们已经知道的事情。

祝福的双手会远离被祝福者,
亲吻的嘴唇会遗忘,
就像喝水的嘴唇
会忘记水。

一条路通向耕作的田地
另一条路通向山丘
第三条路不复存在
因为它已死在我的心里。

苹果内部

你到苹果内部拜访我。
我们一起听到刀子
削皮,绕啊、绕着我们,小心谨慎,
以免皮被削断。

你跟我说话。我信赖你的声音
因为里面有锐疼的肿块
蜂蜜也是这般
自蜂巢凝成了蜡块。

我的手指触摸你的唇:
那也是一个预言的姿态。
你双唇红润,烧荒的田地也是这般
成了黑色。
它们全都真实不虚。

你到苹果内部拜访我
在苹果内部,你和我一直待到
刀子完成它的工作。

爱的记忆——打开遗嘱

我还在房间里。两天后
我只会从外面看见它，
你那紧闭的房门，在那儿，我们，而非全人类，
彼此相爱。

我们将开始我们的新生活
以特殊的方式精心
准备死亡，面对墙壁
正如《圣经》中所说。

上帝在我们呼吸的空气之上，
给我们两只眼睛两条腿的上帝
也给了我们两个灵魂。

我们将开启这些日子
在远离这儿的某一天，就像一个人
在某人死后多年
打开遗嘱。

你从人而来,也将归于人

战争中的死亡始于
一个单身汉
走下楼梯,
一个年轻人。

战争中的死亡始于
一扇门无声的关闭,
战争中的死亡始于
打开窗户眺望。

所以,不要为逝去的人哭泣,
要为走下自家楼梯的人哭泣,
为把钥匙放进
最贴身口袋的人哭泣。
为纪念的照片哭泣,而非我们,
为纪念的纸张哭泣,
为没有记忆的泪水哭泣。

在这个春天
谁会站起来,对着尘土说:
你从人而来,也将归于人。

证据

一辆废弃的拖拉机陷在泥里，
一件扔在座位上的衬衫和附近
茂密的灌木丛、夹竹桃和芦苇之间
一片压倒的青草证明了一段伟大的爱情。
总有些证据是多余的。
我想到了人们在商店里买的东西
有着不同的组合方式。
在一个购物篮里，我看到过肥皂，
一盒火柴和两个苹果，还有一些其他的东西，
我尚无法破译它们的组合方式。

我想到了历史的努力
在于建立联系和记忆，
想到了博物馆的一个玻璃展柜里
一尊古老的陶罐的孤独，展柜里，所有的灯齐刷刷地亮着，
以便把它从遗忘中营救出来，阻挡死亡。
我想起了古老的罗马桥上的玄武岩：
对于我不了解的事
它们也是证据。

圆形时间和方形时间

以同样的速度行进，
但它们经过时的声音是不同的。
许许多多纪念的蜡烛济济一堂，
发出巨大的欢乐之光。

爱的怀念：会怎样

茉莉花打破了黑暗的法则，
洒水器转动的声音迟滞了末日的到来。

大腿，大腿，手，手，
这就是恋人还在一起卿卿我我时的挽歌。
夕阳向他们展示了
一种可能的迥异的生活。

就像是两片森林之间的空地，他们的睡眠，
空空如也，远离明火，
远离突如其来的恐惧。

但到了早上，问题而非问候，接踵而至，
甚至连激动的叫喊都是问题：
你的作品好美，好棒，会怎样？

一丛蔷薇挂在墙上

一丛蔷薇挂在墙上，见证着别人的
幸福，在封闭的花园里，令你心碎，
连同如此多的向往
富足与失落，如同最后的面包
四面围城之后被扔出墙外，
在红色的热情中抓住甜蜜的一刻
在末日先知的脸上，
死亡和欲望，醒着的睡眠，梦中的
谈话，以及徒劳的时间。一丛蔷薇覆盖着
一个装有痛苦之信的信箱：
从窗户边的活动
到门口的活动之间
有时，整整一生便转瞬即逝。

一丛蔷薇挂在墙头。
我认识一位研究苦难史的学者
生了三个温柔的女儿，
三个长大后离开家门的美女。
然而，一丛蔷薇高挂墙头。

生命的历程

足有八天,像所有快活的苍蝇,
第八天,一个犹太人
就要受割礼,
领受无言的痛苦。

小时候,一名天主教徒
为了礼仪的舞蹈和它的种种花样,
恐惧的辉煌,罪孽的荣耀
以及闪耀其上的事物,

或者一个犹太人为了"应当"和"不可"的诫命。
我们祈求你,主啊,把正义与邪恶分开
而你却把苍穹之上
与之下的水分开。我们祈求
有关善恶的知识,而你却给了我们
各种各样的规章制度
像足球的规则
适用于允许和禁止,奖励和惩罚,
败北和凯旋,怀念和遗忘。

年轻人什么都不信,却什么都爱,

崇拜偶像和明星，崇拜女孩子，崇拜希望和绝望。

一位新教徒，在这个年纪开始变得强硬，
脸颊和嘴巴，运作和交易[1]，上颌
和下颌，商业和工业。

但午夜过后，每个人都是自己生活的
宣礼员，从自己的顶端呼喊
一如从宣礼塔的顶端，
因沙漠的气压而口干舌燥
为血和肉的失败而哭泣，
为贪得无厌的欲望而号叫。

随后，一群乌合之众，你和我，遗忘的
宗教和记忆的宗教，
热水澡，日落和一场宁静的宿醉
直到身体化作灵魂，灵魂化作身体。

割礼结束时，犹太人又一次，
被放在一个白色的枕头上递给桑代克[2]
疼痛过后，由他递给一位好女人
从一位好女人再到另一位，

---

1 wheeling and dealing，通常译为"不择手段"，但此处为了和前后的表达对应起来，特地分开来译，从中可体验出诗人的一语双关。
2 桑代克（Sandek），犹太人施行割礼时，帮助割礼医生"莫海尔"（Mohel）施行割礼的孩子的教父。

甜葡萄酒的滋味留在嘴唇上，而痛苦的
滋味留在双腿间。

最后八天没有
意识，没有知识，没有信仰
像所有的动物，像所有的石头，
像所有快活的苍蝇。

阿特利特[1]

这里,古老的港口仍在废墟中怀有
对所有造访过的船只的记忆。它的记忆以它的大小为尺度。
而我们人类的记忆则以我们小小的头颅为
尺度,我们的沉默是我们呐喊的尺寸,
世界末日的景象是我们眼睛的尺寸。

海边的沙滩上,人们为那些
还没有淹死的人欢呼雀跃。
没有人会吟唱历史,
没有人会唱起世世代代传颂不已的歌谣。

但孩子从波涛中蹦蹦跳跳地回我的身边,
从未来回到我的身边。
我用毛巾给他擦干身体,搂紧他:
时间善待我,为我稍事消失了片刻。

---

[1] 阿特利特(Atlit),以色列海法南部的一座沿海城镇。它最初是十字军的前哨,于1291年沦陷。这个犹太城镇于1903年在埃德蒙·德·罗斯柴尔德男爵(Baron Edmond de Rothschild)的主持下建立。今天,该城镇人口约一万人。附近有阿特利特拘留营。

晚婚

我和新郎们坐在等候室里
他们比我年轻得多。要是生活在古代
没准我会成为一位先知。但现在我静静地等待着
把我的名字和我爱人的名字
一起登记在大大的结婚证上,
回答我仍然还可以
回答的问题。文字填满了我的生活,
我体内收集的数据,足以支撑
好几个国家的情报机构。

我步伐沉重,思绪轻盈
就像我年轻时,脚步轻盈,承载着沉重的
命运之思,几乎因不可胜数的未来而翩翩起舞。

生活的压力使我的出生日期朝着
死亡的日期更近一步,正如历史书上的记载,
历史的压力使这两个日期
紧挨着一个已故国王的名字,
两者之间只有一个连字符。

我拼尽全力抓住那个连字符

犹如抓住救命稻草，我靠它生存，
我的唇边，誓言不再孤单，
新郎的声音和新娘的声音，
孩子们欢笑和吵闹的声音
在耶路撒冷的街道上，
在耶胡达的城市里。

在游泳池

在这里,我脱下我那可怕而愚蠢的衣服
并把它们放在更衣室的圣柜里。
金属的气味、水的气味和铁锈的气味
是对遥远港口,和对从世上消失的
世界的向往之香。

我在泳池里平静地游来游去
以我生命的节奏和记忆的乐章。
我的嘴唇喃喃自语着储物柜上的号码,
如同在诵读《诗篇》,好像那是拯救我免于毁灭的护身符。
和我在一起的年轻人,在充满激情的游泳中,
在比所有净化的沐浴更有过之而无不及的洁净中,
可爱迷人,被阳光的欲望晒成古铜色,又被我的欲望镀
  上一层金。

我是迈尔和弗里达的儿子,也是凡人之子,
我,行将就木之人,祝福那些
在我之后的存留者,就像最后一场战斗前
斗兽场里的角斗士。
我是失去东西的人,用热情的语言描述我将失去之物,
我的房子将被夷为平地,身体将会腐烂

我赞美新的房屋

赞美那些充满爱的新鲜的身体。

我从水中出来,用毛巾擦拭身体

就像擦拭另一个人的身体,而后穿上自己的衣服。

我宣布了对水池的祝福

而后忘记了,犹如额头上被人亲了一下,储物柜上的号码。

旧金山以北

这里,柔和的小山连着大海
如同一种永恒连着另一种
放牧其上的牛群
像天使一样,对我们不理不睬。
甚至连地窖里瓜果的气味
也预示着宁静。

黑暗尚未和光明交战
它向前,把我们推向
另一种光明,而唯一的痛
是无法停歇之痛。

在我号称神圣的土地上,
他们不会让永恒存在:
他们把它分成了几个小小的宗教,
为上帝地带划定区域,
将其分解为历史的碎片,
锋利,伤人直至死亡。
他们业已将宁静的距离
变成了某种亲密无间的关系,与当下的痛苦一道抽搐。

在波利纳斯的海滩[1]上,在木质台阶下,
我看见一些女孩光着屁股躺在沙滩上。
她们低着头,微醺
在永恒的国度里,
她们的灵魂就像一扇门
关上,打开
在她们的身体里面
随着海浪的节奏关上,打开。

---

[1] 波利纳斯海滩(Bolinas Beach)是美国加利福尼亚州波利纳斯小镇上一处安静的公共海滩。通常被称为布莱顿海滩(Brighton Beach),因为通往海滩的主要道路为布莱顿大道。

第十一辑

**拳头也曾是张开的
手和手指**
(1989)

我在战争中学会了

我在战争中学会了:
行军时有节奏地摆动胳膊和双腿,
就像从枯井里抽水的泵。

列队前进,独自走在中间,
钻进枕头、被子和心爱女人的身体,
在她听不见的情况下喊"妈妈"
在不相信的情况下喊着"上帝"
即使我相信他
我也不会告诉他战争的事
就像人们不给孩子讲大人的恐怖故事。

我学到了什么?我学会了保持撤退路线。
出国时,我会在靠近机场或火车站的地方
预订旅馆房间。
甚至置身举办公共庆典的大厅里
我也会时刻注意上面
用红色字母写着"出口"字样的小门。

又一场战斗打响了,
如同跳舞时有节奏的鼓声,

而后以"黎明时分的撤退"结束。被禁止的爱
和战斗,有时,就是双双这样结束的。
但最重要的是,我学会了伪装的智慧,
我不应该太引人注目,我不应该让人知道,
不应当让他们分辨出我和我周围的环境,
甚至我和我的爱人,
要让他们以为我是一丛灌木或一只羔羊,
我是一棵树,我是一棵树的影子,
我是疑点,疑点的阴影,
我是一道树篱,一块死寂的石头,
房子,房子的一角。

如果我是先知,我会使异象的光辉暗淡
用黑纸使我的信仰变暗
用网子罩住上帝的战车。
时辰一到,我就会穿上我末日的伪装:
白色的云彩,一片蔚蓝的天空
还有数不清的星辰。

但我们

战争始于远方。但我们
却坐在屋子里。未来近在咫尺,
它始于窗户,中间没有间隔。

未来是黄色的,是洋槐花的颜色,
是紫色的,是九重葛的颜色,而它的声音
是我们两个人的声音。

我们在橘园的沙地上做爱,
小树林给予我们力量,
我们也给予它力量。
那排柏树后面,火车隆隆驶过
但我们只听得到,却看不到。
还有我们之间说过的话
总是这样开头:"但是我们。"

当我们在战争结束后分手时
这些话也分开了:"但是"这个词
还待在原地,而"我们"这个词则转到了别处。

六十公斤的纯爱

六十公斤的纯爱
没有建筑师提供方案,纯靠
自身打造的辉煌。无始亦无终。
一个充满激情的净重的女人,拥有自己纯粹的基因:
爱的细胞催生爱的细胞。

环境其奈你何?
变化其奈你何?
它们让你的外表变得可爱,就像日落,
却让你内心痒痒。你笑了,
我爱你。

一扇亮着灯的窗户，黑暗与我同在

公共公园变成了一处私人花园。
你不必回到花园里去
只须触摸它的大门而无须进入，
只须触摸大门而无须向里打量，
就像一个人触摸着一包捆好的信
却不去解开绳子，不去拆开信件，
不去阅读，
就像一个人用嘴唇或手的亲吻来触摸
卷起的《妥拉》卷轴，合上它的历史和奇观。
你无须摊开它
阅读它，而只须爱
用尽你全副的心肠，整个的灵魂。

一扇亮灯的窗户从黑暗中切出光线。
所以你的身体向我展示了他人没有-尽头的-世界的
冰山一角，另一个男人的世界，另一个女人的世界。
黑暗与我同在。

悲伤和快乐

悲伤和快乐交替出现
就像水、水蒸气和冰,
悲伤和快乐来自同一物质。
我们耳熟能详。

爱与不爱,同一株玫瑰绽放的
两种颜色,堪称奇妙,
这是玫瑰栽培者的成就,
他的名字与玫瑰同在。

多年以后,我们再次相遇
毫无痛苦,我们每个人有的只是自己的安宁。
那是伊甸园
但也是地狱。

间隙

在这些花朵变成果实的短暂间隙,
当花已凋零,果未初结之时,
我们会置身何处?在肉体与肉体之间
我们为对方制造了一个多么美妙的间隙。
眼与眼的间隙,醒与寐的间隙。
既非白天也非黑夜的薄暮的间隙。

你的春装何以如此迅速地化身一面夏天的旗帜,
业已飘扬在秋天的第一缕风中。
我的声音何以不再是我的声音
而几乎像是一个预言。

我们,多么美妙的间隙,就像墙缝里的
泥土,为英勇的苔藓,为刺山柑
提供小小的倔强的土壤,
它苦涩的果子
使我们一块儿吃起东西来味道更甜。

这是书籍的末日。
接下来是文字的末日。有一天
你会恍然大悟。

夏日休憩与言语

洒水器平复了夏日的愤怒。
洒水器转动的声音
和水淋在树叶和草丛中的沙沙声
对我而言已心满意足。
而后报纸从我手中滑落,再度成为
流逝的时光和纸的翅翼。
而后我闭上眼睛,
而后我回想起小时候拉比在
会堂讲台上的话语:"愿永恒的救赎
赐予进入真理之国度者。"他将祈祷文
里的话稍稍变了变,他没有吟诵
没有用颤音,没有抽泣,
也没有像合唱指挥家那样奉承他的神
但他以平静的信心说出了他要讲的话,以平静的
声音恳求他的神,这声音一直伴我终生。

我自忖,他这句话是何用意,
救赎难道只属于进入真理之国度者?
那我们的世界怎么办,我的世界又怎么办?
休憩是救赎,抑或是别的什么?
为何他要在"救赎"前加上"永恒"二字?

话语追随我。话语追随着我的生活
犹如一段旋律。话语追随我的生活
就像电影银幕下方的文字，顶着边儿，
把他们的语言译作我的语言。

我还记得，年轻时，字幕有时会滞后于
所说的内容，或者径直跳到前面。
银幕上的面孔满脸哀伤，甚或哭泣
下方的字幕却洋溢着喜悦，或者，说话者的脸上
神采奕奕，洋溢着欢笑，而字幕却表达出巨大的悲伤。
话语追随我的生活。

但我自己说的话，现如今
就像旷野中我扔进
井里的石头，好看看
里面是否有水还是一眼枯井，
到底有多深。

秋日将至及对父母的思念

不久秋天就要来临。最后的果实业已成熟
人们走在往日不曾走过的路上。
老房子开始宽恕住在里面的人。
树木随年龄而变得黯淡,人却日渐白了头
不久雨水就要降临。铁锈的气息会焕发出新意
使内心变得愉悦
像春天花朵绽然的香味。

在北国他们提到,大部分叶子
仍在树上。但这里我们却说
大部分的话还窝在心里。
我们季节的衰落使别的事物也凋零了。

不久秋天就要来临。时间到了
思念父母的时间。
我思念他们就像思念那些儿时的简单玩具,
原地兜着小圈子,
轻声嗡嘤,举腿
挥臂,晃动脑袋
慢慢地从一边到另一边,以持续不变的旋律,
发条在它们的肚子里而机关却在背上。

而后陡然一个停顿并
在最后的位置上保持永恒。

这就是我思念父母的方式
也是我思念
他们话语的方式。

背包客

市场上的背包客,兄弟,
我和你一样,是个驴人,是骆驼人,
天使人,我和你一样。
我们的手臂像翅膀一样自在。
与我们相比,所有手中的提篮满满当当的人
无不是奴隶的奴隶,被捆绑,被拖拽。

我们用硬币换取新鲜的蔬菜,
为了忘却我们的生活,我们购买
水果和它们的记忆,田野和花园的记忆、
泥土味的记忆和暑天蜜蜂的嗡嗡声。

我们看到一个身着浅色夏装的女人
置身于一场性命攸关
伟大而沉甸甸的爱情面前。她还被蒙在鼓里,
但我们知道。我们的背上
背负着知识之树的果子。

背包客,你住在哪里?
我和你一样,我们住在遥远的地方
容身于奖赏和惩罚之间。

你何以谋生？晚上睡得如何？
你梦到了什么？你所爱的人，
他们是否还住在老地方？

我们的背包像我们背上
折叠的降落伞，夜里，它们张得大大的
是时候往下跳了，我们盘旋着
进入记忆和遗忘的芬芳之中。

最大的心愿

不是唱响"哈利路亚",而是
从敞开的窗户里飘出的声音。
不是口诵"阿门",而是掩上一扇门或放下一面百叶窗。
不是末日的异象
而是节日过后空旷的街道上飘扬的旗帜。

反光慢慢地占据了屋子,
无论是镜子还是酒杯里闪烁的微光。

在犹地亚沙漠中,我看到碎玻璃
在日光下闪耀,庆祝一场没有
新娘或新郎的婚礼,一场纯粹的庆祝。

我看到盛大的游行队伍从街上经过,
我看到警察站在观众和游行队伍之间,
他们的脸冲着那些正在观看的人,
背对着号角、欢乐和旗帜
交相辉映下鱼贯而行的林林总总。
也许生活就该这样。

但最大的愿望是

置身另一个人的梦境。

感受到轻微的拉扯,就像缰绳的提拽。感受到费力的拉扯,如同锁链。

烧毁了的轿车上的第一场雨

路边一辆轿车的残骸近旁
生命紧挨着死亡。

你听见雨点敲在生锈的金属上
而后你感到它们落在你的脸上。

雨下起来了,死后的救赎来了。
铁锈比鲜血更恒久,比
火更美。

减震器比死者更平静
死者迟迟不肯安静下来。

一阵风是时间,另一阵风是地点,
循环交替,而上帝
逗留于此,就像一个人以为自己
忘记了什么,他就在此徘徊不肯走开
直到重新回想起来。

而到了夜里,就像一曲奇妙的旋律,
你能听见人和机器

都从一团红色的火焰里慢慢地进入
一片黑色的宁静,然后又从那里走进历史
走进考古,走进
美丽的地质岩层:
那也是永恒,一种深沉的愉悦。

正如燔祭的牺牲开始都是用人,
后来改用畜生,而后改为高声祈祷,
而后只在心中默念
而后连祈祷都不必要了。

我手提行李箱身处异国他乡

拎在手里的行李箱里装得满满当当。我想
带走幸福,做一只丰饶角,
至少带走幸运,就像一枚被抛进
喷泉的硬币,作为一种迷信。

我坐在一家餐馆里,桌子上的
鲜花,也许想成为新娘的花环
或装饰坟墓的纪念品。

侍者转身离我而去,
报贩子从我身边走过,
甚至连乞丐都不来找我,
机场的保安人员没有检查我,
没有搜身,我甚至没有被怀疑。

我记得父亲的预言:"长大了,
你就能够独自旅行",我实现了这个预言。
我记得,小时候,在异国的土地上
母亲和我被一辆自行车撞倒。
从那时起,我长大了,学会了唱那首骄傲的歌,
"就算被撞倒,我们也绝不灰心丧气,"我和他们

一起唱,因为我和他们一起被称为"他们",十足的"他们"。
而现在我独自一人身处异国他乡。他们都怎么样了?
有的灰心丧气,有的被撞倒,又爬起身来,而有些人
仍旧在堕落。我母亲已亡故。目击者全都没了踪影。
我只记得自行车的一个轮子还在微微转动,
旋转着,从坚硬的土地上挣脱出来。

什么样的人

"你是什么样的人?"有人问我。
我是一个灵魂中有着复杂的管道网络,
精密的情感装备的人,
一个有着二十世纪末精确监控的
存储系统的人。
但却有着一副来自古老岁月的旧皮囊
和一个甚至比我的皮囊更老掉牙的上帝。

我为地球表面而生。
地表深处、矿坑和洞穴令我
神经紧张。高大的建筑
和山巅让我感到莫名的恐惧。

我不像一把尖利的叉子
不像切菜刀和舀水的勺子
也不像平坦的、狡猾的抹刀,从下方偷偷摸摸地溜进来。
我了不起是一根沉重而笨拙的铁杵
将善与恶一起捣碎
只为一丁点不起眼的味道,
些微的香味。

路标不会告诉我该去向何方。
我安静而勤勉地操持着自己的营生，
仿佛在执行一份从出生那一刻起
就开始记录的长长的遗嘱。

而今，我站在人行道上，
疲惫不堪地靠在一台停车计时器上。
我可以免费站在这里，自己做主。

我不是一辆车。我是一个人，
一个人–神，一个神–人
我的日子已屈指可数。哈利路亚。

耶路撒冷山区的夏日黄昏

岩石上的一只空易拉罐，

被太阳的最后一缕光芒照亮。

孩子们向它投掷石块，

罐子掉下来，石头也掉下来，

太阳下山了。在下降和坠落的事物中，

我看起来像一个上升的事物，

一个后世的牛顿，废除了自然法则。

我的阴茎像一枚松果，

里面有许许多多种子的细胞。

我听到孩子们在嬉闹。野葡萄

也是孩子，是孩子的孩子。

嬉闹声也是声音的子辈和曾孙，

永远迷失在它们的欢乐中。

此地的群山，希望就像水坑

是风景的一部分。即使是那些没有水的水坑

依然是风景的一部分，宛如希望。

我张大嘴巴，面向世界高歌。

我有一张嘴，而世界没有。

它必须用我的，要是它想
唱歌给我听。我和世界平起平坐，
不仅仅是平起平坐。

现在的情况就是这样

"现在的情况就是这样,不会再这样继续下去了,
现在的情况就是这样,不会再像以前那样了。"
诸如此类的话犹如褶皱厚重的窗帘,
挡住了痛苦的光芒,使噪音
失声。现在的情况就是这样。
因为我们无一例外地成为爱的难民,夜晚幸福的遗留
白天幸福的残余,希望的孤儿,梦的幸存者,
被逐出信仰。成为文字可怜的继承人。

"现在他们彻底分手了。"这些话也像假日过后
残破的装饰品一般在世上猎猎飘摆,
或者,就像游行队伍过后
乱扔一地的标语。现在的情况就是这样。

以法莲山[1]的秋日来临

正在铺设的道路旁，
一群工人，在黄昏的
微凉中相互偎依。
太阳的最后一丝光芒照亮了
用任劳任怨的推土机
和蒸汽压路机任劳任怨地
做事的人们。
人和机器无一例外地相信
他们不会从地球上掉下去。

田野里现出海葱的身影
杏仁树上仍挂着杏仁。
大地依然温暖，就像绒发下
孩子的头。秋天的第一缕风
穿过犹太人和阿拉伯人。

---

1 以法莲山（Hills of Ephraim, or Mount Ephraim），系以色列中部山区的历史名称，曾被以法莲部落所占领，范围从伯特利（Bethel）直到耶斯列平原（Plain of Jezreel）。在犹太先知约书亚的时代，即约公元前 18 世纪到公元前 13 世纪之间，以法莲山上树木茂密。后来，这一地区被称为撒玛利亚，因北部以色列王国的首都而得名，而该王国的核心区域即位于此。约书亚被葬在以法莲山地的亭拿西拉（Timnath-heres），迦实山的北边。这个地区在历史上也被称为"以色列山"和"撒玛利亚山"。

迁徙的鸟儿彼此召唤：
看哪，那些待在原地的人类！
天黑前的巨大宁静中
一架飞机划过天空
在西方的边缘降落，发出
美酒入喉般的汩汩声。

这片土地懂得

这片土地懂得云彩从何而来,热风从何而来
恨与爱从何而来。
但住在那里的人们却茫然不知,他们的心在东方
他们的身体在西方的尽头。他们的身体在西方,他们的
　心在东方,
就像候鸟一样,失去了夏天和冬天,
失去了起点和终点,他们飞来飞去
日复一日,直至伤痕累累。

这片土地懂得读书写字,
眼界开阔。最好
是无知,无识,
最好是瞎子,
摩挲着自己的孩子却看不到。

更为伟大的以色列的土地就像一位高大丰满的主妇
而以色列国就像一位年轻的女子
有着曼妙而纤细的腰身。
但是,无论在以色列的土地上,还是在以色列的国度中,
耶路撒冷总是赤裸裸的,
那是这片土地的赤裸,

是这片土地上永不餍足的赤裸。
剧烈扭动、发出尖叫的欲望
永无止境,直至弥赛亚的降临。

第十二辑

开,阖,开
(1998)

而谁将纪念纪念者?

1
献给纪念日的诗行,一曲为阵亡者
谱写的诗篇。身为记忆老兵的一代人
纷纷谢世。半是暮年,半是衰朽。
而谁将纪念纪念者?

2
一座纪念碑如何应运而生?在沙尔哈吉[1],一辆汽车
腾起红色的火焰。一辆汽车被烧黑。一辆车的骨架。
它的旁边,其他一些汽车的骨架,烧焦在
别的道路上的
一场交通事故中。车的骨架被涂上防锈漆,红色
类似火焰的红色。在一辆骨架近旁,一顶鲜花编就的花圈,
而今干枯了。用干枯的花朵你编成一顶纪念花圈,
而从枯骨,(涌出)复活的枯骨的景象。
远处,别的地方,灌木丛掩映着,
一座镌刻着人名的破裂的大理石碑板。一株夹竹桃,

---

[1] 沙尔哈吉(Sha'ar HaGai),通往耶路撒冷沿途的一座纪念馆,由排列在高速公路两边的战车骨架组成。独立战争期间,以色列车队曾竭尽全力援救被围困的耶路撒冷,从而损失惨重。该纪念馆即为纪念此车队而建。

像心爱的面孔上的一绺儿发丝，遮住它们[1]中的大多数。

然而，每年树枝都要被剪掉一次，名字就会被看到，

而在高处，降了半旗的旗帜欢快地飘摆着

一如升在旗杆顶部的旗帜，轻盈、自在，

开心地与其颜色和微风同在。

而谁将纪念纪念者？

3

什么才算是站在纪念仪式上的正确方式？

直立或弯腰，像一顶帐篷那样绷紧或以下跌的姿势

哀悼，头弓得像待罪之人或昂首

集体抗议死亡，

眼睛瞪大冷酷一如死者的眼睛

或双目紧闭，注视内心的星辰？

什么才是纪念的最佳时刻？中午

当阴影藏身我们的脚底，或黄昏

当阴影拉长像无始、无终的

渴望，像上帝？

5

我们的悲悼该是什么样子？大卫如是悲悼扫罗和约拿单：

---

[1] 这里应指碑板上的人名。

"迅捷敏于鹰隼，强健猛于雄狮，"[1] 我们的悲悼
该是这个样子。

如果他们真的比鹰隼更迅捷
他们该翱翔于战争的上空
免于受到伤害。从下方，我们该会
看到他们
说："那里有老鹰飞过！那是我的儿子，我的丈夫，
我的兄弟。"

如果他们确实比狮子还强健
他们就会像狮子一样活着，而不会像人类一般死去。
他们该会从我们手上进食，
我们会抚摸他们金色的鬃毛，
我们会在家里驯养他们，用爱：
我的儿子，我的丈夫，我的兄弟，我的丈夫，我的儿子。

8
没有人听说过茉莉花的果实，
没有诗人吟唱对它的赞美，
他们全都向茉莉花吟唱迷狂的赞歌，
它令人陶醉的香味，颜色，暗沉叶子上反衬的白，

---
1 参见和合本《旧约·撒母耳记下》1:23。此处未采纳成译。

其绽放的活力和短促一生的力量——
蝴蝶的一生或星辰的一生。
没有人听说过茉莉花的果实。
而谁将纪念纪念者？

9
没有人赞美葡萄树的花朵，人人都赞美
葡萄树的果实，赞美葡萄酒。
我是否提到过我的父亲？他心灵手巧，
知道如何打好运输的包裹，
包紧、密封
所以它们不会像我一样在中途散开。
万事万物中如此浩瀚的死，如此多的包装和运输，
如此多永不会重新闭合的敞开，如此多
永不会敞开的闭合。

10
而谁还会记得？你又用什么来保存记忆？
你如何保存这世上的一切？
你用盐保存，用糖、高温和深度冷冻、
真空封口机、脱水、制成木乃伊来保存。
但是，保存记忆的最好方式是将它存放在遗忘中
这样，甚至一丝一毫的记忆都不会渗入

打扰记忆永恒的安息。

11
寻根,在华沙公墓。
这是些寻寻觅觅的树根。它们冲出
地面,掀翻墓碑,
紧紧缠绕着破碎的残片,寻找
名字和日期,寻找
曾经存在和不复存在的一切。
树根正在寻求它们被夷为平地的树身。

12
被遗忘的,被记住的,被遗忘的。
张开,闭合,张开。

译后记

熟悉而陌生的诗人

耶胡达·阿米亥（Yehuda Amichai, 1924—2000），举世公认的以色列当代最伟大的诗人和20世纪最为重要的国际诗人之一，生前以母语希伯来语相继出版了《眼下，以及别的日子》（1955）、《两个希望之遥》（1958）、《1948—1962年诗选》（1963）、《而今在喧嚣中：1963—1968年诗选》（1968）、《不是为了记忆》（1971）、《这一切后面隐藏着某种伟大的幸福》（1976）、《时间》（1978）、《伟大的安详：纷纭的问与答》（1980）、《恩典时刻》（1983）、《你从人而来，也将归于人》（1985）、《拳头也曾是张开的手和手指》（1989）、《开，阖，开》（1998）等十余部诗集，此外，还创作有《并非此时，并非此地》等两部长篇小说，以及短篇小说集、戏剧与儿童文学作品等。除以希伯来语写作外，阿米亥还偶尔亲力亲为将作品翻译为英文，如与著名诗人特德·休斯合译的《阿门》（*Amen*）等诗集。

也正是因为特德·休斯的慧眼识珠和力荐，阿米亥得以被国际诗坛快速接纳，并获得近乎明星般的礼遇。在1965出版的《现代译诗》第一期，特德·休斯将阿米亥的诗歌和波帕、赫伯特和沃兹涅先斯基等人的作品同期推出，并即刻在英语诗坛获得极大的关注。此后，1966年，阿米亥受邀参加当时最时髦的国际艺术节——意大利的斯波莱托国际艺术节（Spoleto Festival），这也是阿米亥首次在国际舞台上亮相，并和奥登、庞德、金斯堡、翁加雷蒂、赫伯特和特德·休斯等国际一流大诗人同台朗诵诗歌。次年，阿米亥再次受邀前往伦敦，与帕斯、奥登、庞德、沃兹涅先斯基、聂鲁达共同参加国际诗歌节。

耶胡达·阿米亥之于国内的读者和诗坛，可谓一位既熟悉又陌生的诗人。说他"熟悉"，是因为早在30年前，傅浩、钟志清等人就从英语和希伯来语介绍翻译过他的作品。这些译作，甫一照面，皆无一例外地引起一片惊艳之声，后续不乏译者自觉参与到这一骤然间变得热火朝天的译介之中。

迄今为止，就成规模的译作而言，以傅浩的翻译数量最为丰厚，先后出版过三本阿米亥译诗选：《耶路撒冷之歌：耶胡达·阿米亥诗选》（中国社会出版社，1993）、《耶胡达·阿米亥诗选（上下）》（河北教育出版社，2002）、《噪音使整个世界静默：阿米亥诗选》（作家出版社，2016）。此外，尚有黄福海翻译的阿米亥的盖棺之作，也是唯一在国内出版的单行本《开·闭·开》（*Open Closed Open*，上海译文出版社，2007），澳大利亚华裔诗人欧阳昱依据美国学者、翻译家罗伯特·阿尔特（Robert Alter）编选的英译本《耶胡达·阿米亥诗选》（*The Poetry of Yehuda Amichai*，2015）转译的作品，该译本可谓集合了英语世界14位译者之努力与心血，中译本命名为《如果我忘了你，耶路撒冷：阿米亥诗集》（四川文艺出版社，2018），但所译并不完整，如《图德拉最后一位便雅悯的游记》（The Travels of the Last Benjamin of

Tudela)、《阿赫济夫之诗》(Poems of Akhziv)和《阿赫济夫》(Akhziv)等三首长诗并未收录。

本人所依据的译本同样来自上述罗伯特·阿尔特所编选的英译本《耶胡达·阿米亥诗选》。该英译本共分11辑，从1955年的《眼下，以及别的日子》到1998年的《开，阖，开》，时间横跨30余年。考虑到英译本体量庞大，为照顾中文译者的阅读习惯和承受力，此次中译本仅选译了部分内容，约占原译本容量的一半略多。

除成规模的译本之外，尚有层出不穷的诗歌类或泛文学类刊物上刊载的或丰或简的阿米亥译作选辑，以及好事者在网络世界罔顾版权而拼凑的"混装版"译作选，不分译者，不辨优劣，张冠李戴，恣肆流荡，一时蔚为壮观。

说阿米亥"陌生"，意在说明这一事实，虽然有如上逾30年之功，数十位译者前赴后继地译介，阿米亥的作品实并未在汉语世界摆脱观光性的欣赏层次，除了对其诗歌作品的艳羡和赞叹之外，我们似乎未能对其理解再前进半步，更遑论其作品对当代中国诗人写作的借鉴意义和实质性影响。对阿米亥作品普遍的热烈反响和无力转换之间，呈现出某种醒目的尴尬和矛盾。

这一方面自然与译作的参差不齐和不尽如人意有关，事实上，不仅汉语世界的译者，即便是从希伯来语直接入手翻译的英译者的译作水平也同样参差不齐，而我本人则尤为钟爱查纳·布洛克（Chana Bloch）的译笔，钟爱其译作的鲜活、细腻、微妙、含蓄和体贴，她先后和斯蒂芬·米切尔（Stephen Mitchell）合译过"The Seleceted Poetry of Yehuda

Amichai"（《耶胡达·阿米亥诗选》，1996, 2013），和查纳·克龙费尔德（Chana Kronfeld）合译过阿米亥的盖棺之作"Open Closed Open"（《开，阖，开》，2006）。

另一方面，则是我们通过现有汉语译作，深入剖析阿米亥独特的诗歌魅力和贡献，及其对当下中国诗人写作的启发，不仅力有不逮，甚或理解乏力。就个人有限的翻译经验和对阿米亥英文诗作的理解而言，阿米亥之于中国当代诗歌界的借鉴意义尤为重大和迫切，这一意义相较20世纪80年代之后国内诗人曾热烈追捧过的里尔克、聂鲁达、希尼、奥登、布罗茨基、史蒂文斯和策兰等诗人不仅毫不逊色，甚至有过之而无不及，这并非因为后者不够伟大，而是阿米亥的诗歌作品所体现出的置身于东、西文明之间，古、今传统之间，新、旧语言之间，神圣与世俗之间的独特处境，与当代汉语诗人的身份处境更为肖似，更让人感同身受，并已毫无争议地树立起一座相似语境下的现代诗歌丰碑。

阿米亥之令人难忘，端在于其作品中所表现出的既大开大合而又清新自然的风格，奇绝而迅忽的想象力，丰富、彻骨的比喻，深刻的思想气质和悲悯平等的人道品质。其感受体验，仿佛你读完第一首，就迫不及待地期待第二首，读完一部作品，就按捺不住地渴望读完全部作品。这一冲动之不可遏止和经久不息，似乎只有青春期少男少女间魂牵梦绕的情书堪与媲美。伟大的诗作从来就不缺乏，但阿米亥的撩人之处却显得独擅胜场，即便面对任何熟视无睹和卑俗的日常经验，阿米亥总能发现其中直击心灵的神圣或不朽成分。在诗中，此类转换和点金之术比比皆是，轻松自如，信手拈来，其过目不忘和震撼如同我们第一次听说人类和果蝇的基因相似度高达61%时的那种惊愕、不可思议而又久久难以忘怀的心情。

下面，本人将根据自己对阿米亥英文译作的有限的阅读和翻译，试图指出阿米亥及其诗歌中的特异之处，以及有可能带给当代中国诗人与爱好者的价值和启发。

一　东西之间的心灵竞赛

据说在1973年第四次中东战争爆发之初，全民皆兵的以色列大学生一接到参战通知，就开始整备行囊，里面除了衣物、一把来复枪，就是一本耶胡达·阿米亥的诗集了。这一场景想必对今天的读者而言极为陌生和罕见，因为古往今来的战争，从未出现过战场上的士兵们成规模地将诗歌视作战火中的慰藉，况且，阿米亥的诗作也并非第四次中东战争中的政府配给品。最令人不可思议的，乃是诗中的文字，普遍来说并未弥漫着爱国情怀，也未理直气壮地叫嚣着要杀死敌人，甚至从不会为杀戮与死亡提供哪怕最简单的镇静剂。

要解释这一令人倍感惊奇的场景，恐怕要诉诸阿米亥作品中对于在东西之间流浪千年、无以为家的犹太人普遍心路历程的刻骨铭心的表白。阿米亥曾借12世纪的犹太诗人耶胡达·哈勒维之口说起犹太人在上千年的漂泊流亡中心灵和身份之间永恒的撕扯：

"我的心在东方，却居于极西之地"
那是犹太人的历程，那是犹太人在东西间的心灵竞赛，

自我与心灵之间，往与来之间，往而不来，来而不往，
逃亡者和无罪的流浪者之间。一场无尽的旅途，
……在身与心，在
心与心之间徘徊，死就死在两者之间。
——《犹太人的历程：变化即上帝，死亡乃先知》

诗人的心灵假借耶胡达·哈勒维的心灵叹息和悲泣剖白出犹太人在东西文明之间、身心之间独一无二的疏离感，而且这一疏离感并不会因死亡而寿终正寝，相反，他们的死不过是这一疏离感的小小的路标，供后来者的灵魂在更加浩茫的疏离的荒漠中辨认漫无目的的前程。

历史上，从公元70年第二圣殿——犹太人的信仰摇篮被罗马军队捣毁，到公元135年，犹太人被迫开始大规模的海外流散，从此，这一亚伯拉罕系三大宗教最早的源头——犹太教的子民们，这一地处西亚、被近代的欧洲中心主义者称为"近东"的民族和宗教同一的特殊群体开始了近两千年的漂泊和苦难之旅，其客居之地以欧洲为主，但在欧洲土地上的几乎所有王朝、国家、时代，犹太人总是因其异质性的文化和信仰身份而备受歧视与迫害，直至"二战"时期以"奥斯维辛集中营"的形式将其推向极致的绝境：

他们的心在东方
他们的身体在西方的尽头。他们的身体在西方，他们的
心在东方，
就像候鸟一样，失去了夏天和冬天，

失去了起点和终点，他们飞来飞去
日复一日，直至伤痕累累。
——《这片土地懂得》

与在地理上的东西间备受流离之苦平行展开的则是在身份认同的东西之间备受摧折撕扯的心灵之痛。即便像阿米亥这样，出生在"二战"时的德国，青年时期（1936年）返回巴勒斯坦参加英军的犹太人支队，后参加以色列独立建国，从表面上来看，似乎要比他的父辈以及过去两千年的先祖们幸运得多，但这一幸运，也仅仅限于表面。就地缘政治层面而言，建国后的犹太人似乎拥有了合法独立的国际政治地位，但是他们内心却早已结出一个硕大无朋的疤，这一疤痕历经两千年的漂泊流亡累积而成，即便他们的身体停止了流浪，但他们的心仍在隐隐作痛，就像风停时，挂在篱笆上的空荡荡的塑料袋，因为风还会再起，永无止息，虽然那风是从过去吹来的：

耶路撒冷满是用旧的犹太人，因历史而疲惫不堪，
犹太人，二手，有轻微破损，议价出售。
并且世世代代眼望锡安。所有生者和死者
的眼睛全都像鸡蛋一样被磕破在
这只碗的边缘，
…………

耶路撒冷会需要什么呢？它不需要一位市长，

它需要一位马戏团的驯兽师,手持长鞭,
能够驯服预言,训练先知急速奔跑
在一个圈子里绕啊绕,教会全城的石头排成队
以一种大胆、冒险的形式结束最后的宏伟乐章。

稍后他们会跳回原地
迎着掌声和战争的吵嚷。

然后眼望锡安,哭泣。
——《耶路撒冷满是用旧的犹太人》

因此之故,阿米亥将现代的犹太人,即他自己亲自参与建立的以色列国的犹太人,称为亚伯拉罕的第三个"虚构"的儿子以弗吉(Yivkeh,"神哭泣"之意)的后裔:

亚伯拉罕有三个儿子,不仅仅是两个,
亚伯拉罕有三个儿子:以实玛利、以撒和以弗吉。
以实玛利第一个出生,是为"神听见",
以撒接踵而来,是为"神欢喜",
以弗吉最后出生,是为"神哭泣"。
没人听说过以弗吉,因他最年幼,
是天父最钟爱的儿子,
是在摩利亚山上被献祭的儿子。
以实玛利被母亲夏甲所救,
以撒被天使所救,

但却无人向以弗吉伸出援手。

…………

《妥拉》上说是公羊,其实是以弗吉。

——《〈圣经〉与你,〈圣经〉与你及经文别解》

按照犹太人《圣经》的记载,"以实玛利"系亚伯拉罕和婢女夏甲所生,乃阿拉伯人的祖先;以撒乃亚伯拉罕的嫡子,为犹太人的祖先;以弗吉作为虚构者,实则以《圣经》中"以撒献祭"中的公羊为原型,因这公羊代人受罪,沉默不语,任人宰割,活脱脱近两千年来备受流亡迫害之苦的犹太人的形象,与《圣经》中所记载的为耶和华所宠爱的犹太人,即以撒的后裔的形象大相径庭。但是,阿米亥却执意要为这沉默的替罪"公羊"翻案,为沉默者献上赞歌,在共谋者——上帝、天使、亚伯拉罕、以撒——全都离场的空空如也的历史舞台上,他的诗作乃备受侮辱者的沉默的遗照:

《以撒的捆绑》中真正的英雄是公羊,
他对他人的共谋一无所知。
他是心甘情愿代替以撒去受死。

…………

我想留下最后一帧镜头
犹如登在某个优雅的时尚杂志上的照片:
皮肤棕褐,养尊处优的年轻人,身穿花哨的套装,
近旁是天使,身着出席正式招待会的盛装,

……………

在他们身后，那只公羊，犹如一道彩色的背景，
身陷屠宰前的灌木丛中，
灌木丛是他最后的朋友。

天使回家了。
以撒回家了。
亚伯拉罕和上帝早已没了踪影。

但是，《以撒的捆绑》中真正的英雄
是那只公羊。
——《真正的英雄》

二 时间，拯救的艺术

阿米亥将时间视为其诗歌创作中最重要的维度。如果说，在古代世界当中，无论东西，时间是圆形的，周而复始，循环往复的，那么，在基督宗教中，时间则是线性的，有着明确的起点、高潮和终点。而阿米亥的时间，则是既相对，又彼此关联和相互指涉的，他称之为"比较时间"，即一种"相对"的时间，譬如过去的相见相对于现在或未来的时间，个人的时间与公共的时间，譬如圆形时间之于方形时间等，它们互为对照，如影随形，却又彼此独立，相互见证：

圆形时间和方形时间
以同样的速度行进，
但它们经过时的声音是不同的。
——《证据》

这一流淌在阿米亥作品血液中的时间源于犹太人特有的时间感，源于犹太教的圣书传统，犹太《圣经》曾谓：《圣经》中的一切无所谓先后。事实上，这也是某种上帝（耶和华）视角的时间，一切的时间，无论过去、未来，皆为现在，皆汇聚于当下，因而也是永在的。

那位名闻遐迩的法国国王说过：洪水，去我身后！
义人挪亚说过：洪水，走上前来！
当他离开方舟时，他宣布道：洪水在我身后。
但我却要说，我置身洪水中央，
我是方舟与活物，既洁净又不洁净，
我是一个物种的两面，既雄既雌，
我是记忆的活物，又是遗忘的活物，
…………
——《〈圣经〉与你，〈圣经〉与你及经文别解》

基于这一犹如置身洪水中央的时间感，阿米亥作品中的时间便成了同时经受着过去与未来，身前与身后冲刷的时间，是在记忆和遗忘的旋涡中起伏的时间，是多声部、多维度、平行、复合，可随意组合，即时拼贴的时间。用阿米亥自己的话说，他能够捡拾出"生命中的任何一刻并几乎身临其境"：

> 哈马迪亚，快乐的记忆。四十代
> 和打谷场上的爱情。时至今日
> 秕糠甚至还令我刺痒不已，尽管我的身体
> 反复清洗，我的衣服
> 换了一茬又一茬，而姑娘还是在
> 五十年代离去，在六十年代消失，在七十年代
> 彻底销声匿迹——时至今日
> 秕糠甚至还令我刺痒不已，
> 我的喉咙因不厌其烦的呐喊而嘶哑：
> 请你再次回到我的身边
> 回到我身边，回来吧，时光，回来吧，枇杷树！
> ——《哈马迪亚》

正如阿米亥所言，在希伯来《圣经》中，将来时甚至被用来描述过去发生的时间，这一点同样在上述所引述的片段中有所体现："我的衣服／换了一茬又一茬，而姑娘还是在／五十年代离去,在六十年代消失,在七十年代／彻底销声匿迹"。

通过作品中对于时间的重构，阿米亥诗歌紧紧抓住了所有失去的事物，诗歌因此为不可逆的过去赋予了通向未来的可能。就此而言，诗歌乃事关拯救的艺术：

> 好吧，别再盖房子，别再修路了！
> 就让我们造一座叠在内心的房子，

修一条绕在灵魂深处线轴上的路。
这样我们就不会死,永远不会。

…………
在孤独的盲目中,他们在两腿间,
在白昼和黑夜的交替中相互触摸。
因为他们没有别的时间,
没有别的处所,而先知们
早已寿终正寝。
——《时间:1》

经由诗歌,自我和记忆尽管被岁月反复淘洗,但仍能自由穿梭,抵挡时间的碾压,从而获得拯救:

我生于1924年。当我想起人类,
我只明白和我一样的同龄人,
他们的妈妈和我的妈妈一同分娩
无论是在医院,还是在暗室。
…………

但愿你能发现持久的安宁,
活人在活着的世界里,死人
在死去的世界里。

谁对童年的记忆最真切

谁就是赢家，
倘若真有什么赢家。
——《1924》

诗歌赋予了记忆减轻时间重压的缓释阀的功能，同时，它也是流逝而无常的岁月中的标志物，犹如打捞沉船之地，水面上的浮标。在记忆的航道上，诗人即便会因超载而遭受沉船的危险，但作为词语之船的船长，他却不会中途跳船而遁，却注定与沉船同归于尽：

在我停止生长之后，
我的大脑便不再生长，而记忆
就在身体里搁浅了
我不得不设想它们现在在我的腹部、
我的大腿和小腿上。一部活动档案、
有序的无序，一个压沉超载船只的
货舱。
…………
词语已开始离弃我
就像老鼠离弃一艘沉船。
最后的词语是船长。
——《最后的词语是船长》

如果说记忆是有待闭合的敞开，那么，遗忘则是有待敞开的闭合。在遗忘的胶囊的中心，记忆借助诗歌的文字之光得以永存。只有经历过万劫不复的痛苦的人，才会以这种方式保存记忆，被遗忘拱卫的记忆：

而谁还会记得？你又用什么来保存记忆？
你如何保存这世上的一切？
你用盐保存，用糖、高温和深度冷冻、
真空封口机、脱水、制成木乃伊来保存。
但是，保存记忆的最好方式是将它存放在遗忘中
这样，甚至一丝一毫的记忆都不会渗入
打扰记忆永恒的安息。
——《而谁将纪念纪念者？》

三 神圣和世俗交战的语言

阿米亥的诗歌系现代希伯来语诗歌的第三代，即在以色列建国前后进入成年阶段，参加过独立战争，又被称为"独立战争的一代"或"解放一代"，其代表诗人有阿米亥、拿单·扎赫（1930— ）、大卫·阿维丹（1934—1995）等，他们多以现代希伯来语为母语进行写作，且更加注重口语的运用和表达，其诗歌写作技巧和风格更多受到英美现当代诗歌的影响。与前两代诗人相比，他们不再乞灵于犹太教法典文体的传统典雅风格，并且免除了"两个祖国"所带来的文化撕裂，他们的观察经验和表达兴趣更多地来自对日常生活的反思。作为一门新生的语言，现代希伯来语，尤其是现代希伯来口语，可供阿米亥进行创作的资源并不丰富，但却给予

了他拓展全新的、未知疆域的自由。一方面，他不得不，但又是自觉地从希伯来《圣经》等古典文本，这些作为传家宝的语言地毯上拆下丝线，以便二次使用，脱离了旧有的纹路、编织图案的羁绊的语言丝线，经过诗人的巧妙编织，焕发出新鲜的、奇幻般的、耳目一新的，同时又与旧有的使用痕迹保持着鲜明张力的特征；另一方面，阿米亥又在尚未展现出封闭地平线的现代希伯来口语的广袤之地上，闪展腾挪，别出心裁地创造出诸多前所未有的新词，如根据"海平面"仿造的新词——"脸平面"（face level）："我就像一个站在/约旦沙漠里的人,盯着某个标志:/'海平面。'/他看不见大海,但他知道。//因此，无论在哪儿，我都会记得你的脸/根据你的'脸平面'。"（《曾经的挚爱》）如根据"狂犬病"所仿造的新词"狂海病"（seabies）："在濒临大海的地方破碎。/挽歌，我的巢穴之歌。/岩礁嘴唇上的泡沫。/大海有狂犬病，/它有狂海病。"（《阿赫济夫之诗：1》）诸如此类的别出心裁，完全印证了他的自我评价："我几乎从一开始写诗起就是后现代式的。"

与作为正统、保守而虔诚的犹太教徒的父辈不同，阿米亥生活在一个相对富裕、物质主义、世俗化的社会中，在很多时候，他是以一个世俗主义者，甚至是无神论者的身份在写作，因此，与前辈或者正统派的犹太教徒相比，存在之于阿米亥，并无源自传统信仰层面的现成答案，他必得在诗歌中重新寻找答案，或通过诗歌为生存寻求新的基础。在此意义上，他所面临的存在的意义问题，和莱奥帕尔迪、欧洲颓废派、蒙塔莱、现代英美诗人并无不同。

然而，经由我胸前的伤口
上帝向宇宙张望。

我是通向
他公寓的门
——《伊本·盖比鲁勒》

但是，另一方面，诗人和上帝的关系又是复杂的，他需要上帝作为不负责任的代言人为世界的不幸、犹太人的苦难买单，"诗人无法将现实世界不可预测的暴力、不道德和不确定（如先知和拉比所做的）归咎于人类的邪恶以及未能创造一个以真理和正义为基础的社会，也无法摆脱他全能的童年上帝。也许正是针对犹太人的大屠杀让诗人的信仰支离破碎，而上帝就像一个木偶，潜逃在外，漠不关心，心怀愧疚，他不愿相信上帝，但也无法完全摆脱上帝。诗人通过这个微不足道的上帝，就像模仿先知的腹语一样，抒发自己的苦闷和痛苦"。为此，他在面对上帝时，就像当初摩西面对上帝时一样，不失时机地和上帝高声抗辩，或者将上帝视作置身事外的无能为力者：

在不相信的情况下喊着"上帝"
即使我相信他
我也不会告诉他战争的事
就像人们不给孩子讲大人的恐怖故事。

——《我在战争中学会了》

也的确有评论者认为,阿米亥的诗歌是"与全能者的一次不朽的争论"(约翰·科恩语)。唯有借助这种争论,阿米亥才能表达自己对于母语、祖先的宗教和苦难、现代以色列国与周边的巴勒斯坦人之间痛苦的纷争那种基于反讽、悖论风格的复杂情感:

现在就用这疲倦的语言说吧,
一门从圣经的睡梦中撕裂的语言:眩晕着,
从一张嘴晃到另一张嘴。用这曾描绘过
神迹与上帝的语言,说出汽车、炸弹、上帝。
——《民族思想》

事实上,给犹太人和世人设计命运的上帝,乃同一个设计师,如果真有上帝的话。但更多的时候,上帝却并没有让诗人感到内心愉悦,而是加重了记忆的负累,撕扯着诗人的心灵:

犹太人的历史和世界的历史
像两块碾子,将我碾磨,有时
碾成齑粉
——《我不是六百万分之一:我寿命几何?开、闭、开》

因此,在屡屡感觉陷入绝境的诗人那里,上帝其实是退场和消隐的,犹如他一贯的袖手旁观,因此救赎需要自己发明宗教,而对诗人来说,这唯一的宗教乃是诗歌,它让非对象化的、真正的宗教性得以在文字中现身,一种无信仰对象的宗教,一种超越世界的世界观:

一位阿拉伯牧羊人正在锡安山上寻找他的山羊,
而在对面的山上,我正寻找
我的小儿子。
一位阿拉伯牧羊人和一位犹太父亲
双双陷入暂时的溃败。
…………

之后,我们在灌木丛中找到了他们
我们的声音又回到了我们的体内,又是笑,又是哭。

寻找山羊或儿子
一直以来都是这群山中
某种新宗教的开端。
——《一位阿拉伯牧羊人正在锡安山上寻找他的山羊》

四 战争的毁灭与爱的悲悯

阿米亥的诗歌中充满着大量的爱情诗,特德·休斯干脆认为这恐怕是阿米亥诗歌最重要的题材:"几乎他所有的诗作都是披着这样或那样伪装的爱情诗……在以战争、政治和宗教的词语写他最隐私的爱情苦痛的同时，他不可避免地要以他最隐私的爱情苦痛的词语写战争、政治和宗教。"

的确，阿米亥的诗歌中，有相当的比例在写爱情的苦闷、婚姻、单相思、对女性之美的艳羡，甚至赤裸裸的性描写。但如果仅仅以爱情一言以蔽之，则过于狭隘了，毋宁说，他是以爱情来象征爱的极致状态，因此，特德·休斯才不无机敏地指出，他的爱情诗乃是"伪装"的，因为爱情展现了陌生的两性之间最迷人的吸引，因此它也成为了对现实当中战争、争斗、混乱、杀戮的反向抗议。如果说战争是被禁止的爱，是毁灭的艺术，那么，爱则是生命力最充沛的张扬，是和平的艺术，孕育生命可能的艺术。

被禁止的爱
和战斗，有时，就是双双这样结束的。
但最重要的是，我学会了伪装的智慧
——《在战争中我学会了》

从以色列建国开始，巴以冲突便成为以色列人和巴勒斯坦人经久不息的不幸的底色，到今天，这一不幸甚至变本加厉。战争和冲突成了现实无孔不入的裂缝，有时，这裂缝是隐蔽的、不易觉察，善于伪装，它往往以和平的外观、"爱的礼物"的假象出现。爱和毁灭像是一把双刃剑的两个刃口，爱与伤害、伤害与爱相互假借对方的嗓子发出声音，咫尺相对：

两厢厮守时

我们就像一把称手的剪刀。

待我们一拍两散,重又
化作两把利刃
扎进世界的肉里
各就各位。
——《爱与痛苦之歌》

这种"两厢厮守"的两性间的爱,翻手为云覆手为雨的变幻莫测的爱,有时也是以色列人和比邻而居的巴勒斯坦人之间爱恨情仇的隐喻,并且成为他们日常生活中提心吊胆的、家常便饭般的组成部分:

耶路撒冷是一座晃动着我的摇篮城。
每当我在正午时分醒来,就会有事发生在我的身上,
对有的人来说,就像最后一次从他心爱之人屋子的
楼梯上走下,而双眼依然紧闭。
然而,我的日子迫使我睁大眼睛
记住每一个擦肩而过的人:或许
他会爱我,或许他会埋下一个炸弹
裹以漂亮的包装,像一件爱的礼物。
——《时间:52》

战争状态即无处不在的"恨","恨"让"爱"受伤,因此,若要怀揣着爱的希望安然长存,则需要为爱建立某种保护机

制,犹如为战场上为抢救伤员所预备的止血带、药棉、消毒器具等:

> 他们用可怕的战争智慧告诉我,要我
> 把急救绷带缠在心上
> 缠在那颗仍然爱着她的愚蠢的心上
> 缠在那颗健忘的聪明的心上。
> ——《如他们昔日所言,历史之翼的沙沙声》

所有的悲悼都来自爱的失去,这爱不仅仅为恋人或情人所专有,也包括那些在战争和杀戮中牺牲和毁灭的至亲骨肉:

> 我们的悲悼该是什么样子?大卫如是悲悼扫罗和约拿单:
> "迅捷敏于鹰隼,强健胜于雄狮,"我们的悲悼
> 该是这个样子。
>
> 如果他们真的比鹰隼更迅捷
> 他们该翱翔于战争的上空
> 免于受到伤害。从下方,我们该会
> 看到他们
> 说:"那里有老鹰飞过!那是我的儿子,我的丈夫,
> 我的兄弟。"
>
> 如果他们确实比狮子还强健
> 他们就会像狮子一样活着,而不会像人类一般死去。

他们该会从我们手上进食，
我们会抚摸他们金色的鬃毛，
我们会在家里驯养他们，用爱：
我的儿子，我的丈夫，我的兄弟，我的丈夫，我的儿子。
——《而谁将纪念纪念者？》

当伤害成为历史的负担，成为日常，成为生活的定义的一部分的时候，爱就被赋予了特别的含义，它必得被强化为某种宗教、某种信念、某个定律，如同自然律和良知一般，只有毫无顾忌、不知羞耻、勇敢而无畏地喊出爱的定律，诗歌才能免于苍白，诗人才能鼓励世人和自己一样获得自我拯救：

因为爱必须言明，而非耳语，这样才能让人
亲眼所见，亲耳所听。它必须除去伪装，
显眼、咋呼，如同聒噪的笑声。
它必须是"多结果子，生养众多"的媚俗广告：
神气活现、令人惊艳的"多结果子"，锋芒毕露、受尽折磨的"生养众多"之于人类
这个物种——不过是涂在苦涩生活表面的糖霜。

爱是文字和花朵，是勾引着昆虫和蝴蝶的
田野里的花朵，也是女人衣裙上的碎花图案。
大腿内侧柔嫩的肌肤，灵魂
最私密的内衣，张扬到天上的风衣，是公共关系，
将地球上的人类拽向大地，

牛顿的万有引力定律

和神性轻浮的定律。哈利路亚。

——《秋日,爱,商业广告》

五　结语

纵观整个20世纪,将东方的智慧、传统、文明和西方现代诗歌的语言技巧和形式完美地融为一体的典范,除了泰戈尔,恐怕就数耶胡达·阿米亥了,而从对人类现代经验更为娴熟、全面、深刻的介入和揭示而言,阿米亥无疑更胜一筹。

从触及人性的深度和智慧来看,阿米亥的诗歌,在某种意义上,可以毫不夸张地被称为现代人的"圣经",只不过这是一种无神论式的对至高存在的沉思,是对爱歇斯底里的、悲悯而反讽的讴歌,是拥抱此世的末世论,是卑微地和普通人的悲喜经验短兵相接、生死与共的纠缠,他凭一己之力将生命的本质上升到悖论的高度,就此而言,仍在东西之间、传统与现代之间、古代诗歌经典和现代白话文创作、世俗与超越之间苦苦挣扎却始终不得其门而入的中国诗人,除了阿米亥,实在没有更近在咫尺的反躬自省的尺度和楷模。

最后,谨以此译本送给我的二女儿小愚。她的出生,让我明白"意外"如何丰富着生命以及我们对生命的理解。

图书在版编目（CIP）数据

在应许与遗忘之间：阿米亥诗精选 /（以）耶胡达·阿米亥著；刘国鹏译. -- 北京：北京联合出版公司，2024.6（2025.5 重印）
（雅众诗丛·国外卷）
ISBN 978-7-5596-7539-2

Ⅰ.①在… Ⅱ.①耶…②刘… Ⅲ.①诗集—以色列—现代 Ⅳ.① I382.25

中国国家版本馆 CIP 数据核字 (2024) 第 065070 号

北京市版权局著作权合同登记 图字：01-2024-2700

在应许与遗忘之间：阿米亥诗精选

作　　者：[以] 耶胡达·阿米亥
译　　者：刘国鹏
出 品 人：赵红仕
策划机构：雅众文化
策 划 人：方雨辰
特约编辑：赵行健
责任编辑：龚　将
装帧设计：方　为

北京联合出版公司出版
（北京市西城区德外大街83号楼9层　100088）
北京联合天畅文化传播公司发行
山东临沂新华印刷物流集团有限责任公司印刷　新华书店经销
字数229千字　1092毫米×860毫米　1/32　11印张
2024年6月第1版　2025年5月第2次印刷
ISBN 978-7-5596-7539-2
定价：88.00元

版权所有，侵权必究
未经书面许可，不得以任何方式转载、复制、翻印本书部分或全部内容。
本书若有质量问题，请与本公司图书销售中心联系调换。
电话：（010）64258472-800

THE POETRY OF YEHUDA AMICHAI
by Yehuda Amichai
Copyright © 2015 by Hana Amichai
Published by arrangement with The Deborah Harris Agency,
through The Grayhawk Agency Ltd.